葬 礼

[莫桑比克]翁古拉尼·巴·卡·科萨 著

杨 阳 译

江苏凤凰文艺出版社

图书在版编目（CIP）数据

葬礼／（莫桑）翁古拉尼·巴·卡·科萨著；杨阳译. —南京：江苏凤凰文艺出版社，2022.6
 ISBN 978-7-5594-6644-0

Ⅰ.①葬… Ⅱ.①翁…②杨… Ⅲ.①长篇小说－莫桑比克－现代 Ⅳ.①I471.45

中国版本图书馆CIP数据核字(2022)第034208号

葬礼

[莫桑比克]翁古拉尼·巴·卡·科萨 著　杨阳 译

出 版 人	张在健
责任编辑	孙建兵
责任印制	刘 巍
出版发行	江苏凤凰文艺出版社
	南京市中央路165号，邮编：210009
网　　址	http://www.jswenyi.com
印　　刷	苏州市越洋印刷有限公司
开　　本	880毫米×1230毫米　1/32
印　　张	6.5
字　　数	105千字
版　　次	2022年6月第1版
印　　次	2022年6月第1次印刷
书　　号	ISBN 978-7-5594-6644-0
定　　价	55.00元

江苏凤凰文艺版图书凡印刷、装订错误，可向出版社调换，联系电话 025-83280257

致：
萨洛米

安娜·奥尔加·莫库姆比和路易莎·潘吉恩医生，她们是我在现代性骨子里无可挑剔的医者。

作者寄语

这是一幅基于赞比西河谷所谓的富足且令人印象深刻的商业时代的历史身份和空间的画像,一幅口述的乌托邦的画像。该书的意图是捕捉一个时代的灵魂,并以不拘泥于知识本身的声音娓娓道来。历史为我提供了一条通道,一条直达历经四个多世纪梦想和痛苦的赞比西河谷世界的通道。

那些为我打开大门的人中,最值得一提的是艾伦和芭芭拉·艾萨克曼。自十六世纪末一位未知名的葡萄牙人首次探访后,他们这对夫妻在重建赞比西河谷的社会、经济、政治和文化方面做出了辉煌贡献,同时为那些在历史档案馆为自己的过去寻找火把的人们提供了取之不尽的源泉,也为他们打开了更多扇门和更多扇窗。

他始终浸泡在自己的梦中,只因某次他饮了一杯温茶。它是苦的。荣耀,如你们所知,是一件苦事。

——三岛由纪夫

消息传得沸沸扬扬。深沉而宽广的鼓点声隆隆地在整个王国响彻了三天三夜。那些被当地人称为传格斯①的信使将来自赞比西河以北地区的曼波②路易斯·安东尼奥·格雷戈迪奥周四凌晨安然长逝的消息带到了海角天隅。

对于亲信,也就是王室成员,格雷戈迪奥的死讯并未让他们感到意外,因为格雷戈迪奥的病情让他们在曼波临终的几周时间里,与他同寝同食、亲密无间。使库阿查③——当地人的土话和赞比西河谷原住民的用词,在葡萄牙语中的意思是男仆——是除了王国要员之外,最早意识到白人格雷戈迪奥卧床不起的严重病情。

除了这样和那样贡品之外,使库阿查并不享有特殊的等级地位,但他受到所有人的尊重。并非因为他像格雷戈

---

① Chuangas:音译为传格斯,是当地人对信使的称呼。
② Mambo:音译为曼波,是当地人对国王的称呼。
③ Chicuacha:音译为使库阿查,是当地人对男仆的称呼。

迪奥一样是白人,而是因为他人尽皆知的文化适应能力。这可以追溯到他想扩大长袍生意的时候,这种法衣在非洲部落里因其不便利性且跟粗野人相关,因此没有什么价值。但是,在赞比西河谷的印度总督区,当面对土匪和强盗因寻找奴隶和象牙而进行的持续和意外袭击时,这种衣服对身体的保护和精神价值的体现都是有好处的。然而,持续的炙热且恶劣的热带气候,以及他始料未及的一些原因,相关法令的实施一直拖到他下定决心的那一天。不是因为单纯的冒失或疲倦,而是精神层面上的决定。他在格雷戈迪奥的土地上惊讶地看到粗野人用树皮混合硝石或浸泡在兔子尿酸里获取火药原料,并在混合物制成后,将其燃烧,从烧焦碳化的废料中最终提取火药,因此他放弃了在海外那些单调且神圣的冒险中陪伴他的法衣和经文。

面对这样的成就,面对野蛮人的头脑中闻所未闻的壮举,他——名为安东尼奥·贡萨加,别称使库阿查——放弃了那些仍留在他小小词典中关于大草原上黑人生活方式的诸多罪恶的形容词。在不令任何人感到诧异的情况下,明确地放弃了他远在葡萄牙里斯本做牧师时的别扭习惯,然后以一种顺理成章的姿态与菲塔同居。她是格雷戈迪奥的灵媒或者说是祭祀队伍的侍祭司之一,用词取决于地理位置,要看来自河岸的哪一边:南边是父系,北边是母系,但在葡萄牙语中这两个词的含义是相同的,因为它们都说自己是赞比西河北岸土地首领格雷戈迪奥的灵媒或祭司。从最南端的边境到赞比西河上游最远的葡萄牙宗博①贸易市场,格雷戈迪奥通常需要行军三天。

床单覆盖到脖子的位置,路易斯·安东尼奥·格雷戈迪奥的身体平躺在床上。任何看到他的人都能从他平静安详的脸上看出,他已经接受了死亡,并坚信他的灵魂将永存于他所建立的活人的国度之中。围绕在他身旁的是他的六个妻子、孩子和王国的长老们。这其中有他的姆阿纳曼波②马库拉·加农加;负责铸铁的麦斯理③泰戈·奇坎达里;负责王室葬礼的萨博维拉④莱奥·姆普卡;税员们和传格斯们的首领卡姆特·马特加;负责家畜、家奴的吉利·恩多罗;灵媒人尼亚津比尔、查图拉以及其他人。使库阿查与这些国家要员之间始终有些距离,他的地位处在极其重要和不那么重要的人之间。不管是大人物还是小人物,所有人都从他们自己的房间里被匆匆忙忙地叫了

---

① Zumbo:音译为宗博,贸易点的名字。
② Muanamambo:音译为姆阿纳曼波,意思为国王的副将、副手。
③ messiri:音译为麦斯理,意思为铁匠、铸铁者。
④ Sabevira:音译为萨博维拉,意思是负责王室葬礼的主要祭司。

出来,他们互相看了看,并不感到惊讶,因为这事儿虽早在预料之中,但他们对于格雷戈迪奥安详的离世仍感到五味杂陈。

这个房间对使库阿查来说一点也不陌生,因为他在格雷戈迪奥生病之初就进入过这个房间。那是一个清晨,太阳光从稻草做的天花板的缝隙中射入,散布在整个大房间里,除了手工制作的床榻之外,还无序地陈列着一些盆子和罐子,有的一面是灰白色的,有的一面是光滑的,里面装满了树根、干叶、短矛、兽皮和长矛。七把自制的猎枪在床头的墙边随意地排开,根据当地人的发音,猎枪可被称为戈戈德拉①或古古大②。阿卡特姆③(当地人对猎斧的称呼)也散开铺在山羊和豹子的皮上,而皮毛覆盖了大部分的土坯地面。床边上放着一把猎枪,似乎是为了防止意外事件发生。在他的国王装扮中,格雷戈迪奥并没有因为这把枪比戈戈德拉和火石抢更现代而放弃它。除此之外,还

---

① gogodelas:音译为戈戈德拉,意思是猎枪。
② gugudas:音译为古古大,意思是猎枪。
③ acatemo:音译为阿卡特姆,意思是打猎时用的斧头。

能看到横跨房间宽度的绳索上,悬挂着用于交易的布料和各种星博德①——由珠子制成的项链。它们在漫射的光束中熠熠生辉,给屋子带去了明亮的曙光,好似阴沉的小石窟里闪闪发光、驱逐阴影的钟乳石。那些都是用来谈情说爱的房间的特点,但格雷戈迪奥,作为一个军事国家的国王,却把它变成了最适宜用来进行孤独的、无休止的、以维持他的权力的谋划的环境。当他坐在用狮子和豹子皮装饰的椅子上时,右手微微垂下,示意让使库阿查就座。

使库阿查不情愿地,掩饰着对于不可预料时刻的颤栗,他的牛仔裤与盆子摩擦发出了声响,他用脚推开一个猎斧,慢慢地将他的手沿着王室椅子的扶手延伸开来,以好似一个入侵者的谨慎慢慢坐了下去。他的眼睛注视着房间里那些陈列无序的、在漫射沉寂的光线下慵懒的物体的几何轮廓。那是一个无声无息的非洲。那是在一个充满了沉静的摇铃和护身符的非洲。那是展示在一个满载别人称之为古董物品的新空间色彩的非洲,然而这些物品只承载了当下而非曾经的意义。

格雷戈迪奥的头靠在一个稻草枕头上,他的左手慢慢

---

① chimpote:音译为星博德,意思是珠子串起的项链。

捋着他的小卷发。他的眼睛被病痛折磨得疲惫不堪。在房间的半明半暗中,他打量着使库阿查的长发。晴朗午后的湛蓝天空映在他的双眸里,而那双眼睛总是不安的、贪婪的,正如十多年前他在太特镇的教堂小院里看到的那样。

"你怎么了,使库阿查?"

"你的骨头,伙计。它们睡得太久了……"

"它们老了。"

"有必要活动活动筋骨。"

"痛不在你身上。"

"但已经遍布整个王国了,格雷戈迪奥。"

"确实……时光飞逝,而我们却无感……现在我看着你,才记起那一天……"

"我也记得。"

"新时代啊……"

"所有的时代都是新的,兄弟。"

"但每个都不同。"

"的确……你当时还是个小伙儿……"

"是啊……我当时还很年轻。"

十九世纪四五十年代的太特镇,还是一个小村庄,生活着大约一百个白人,他们自称是欧洲的葡萄牙人,以此来与果阿邦①一百五十多个因自己是葡萄牙人而感到非常自豪的后裔保持距离。他们之间的关系不总是友好的，因为白人对不断增加的加那林②人的存在感到恼火。当他们在不幸的时刻临到时或者商业贸易中不愉快时，就称加那林人为亚洲犹太人，因为他们总是在贸易交换中耍伎俩，他们贩卖的商品通常都是与非洲腹地的大小王国交易的布匹和饮料，以及各种不同价值的饰品。葡萄牙统治者与巴尼阿尼③——对加那林人的贬义称呼——勾结，在商业上缺乏策略。这主要是由于白人与该地的咖啡女郎日益增长的可耻的姘居行为，以及数以百计的混血儿的出现所造成的。这些都让太特镇的种族地图充满了欢乐和节奏感。然而反对者，通常也是新来的统治者，很快也会向黑人和混血妇女的魅力投降。他们常常将少数的白人妇女留在温暖的房间里，让她们孤独地生活。

除了搪塞性的解释之外，事实真相是，对于那些以真挚的激情与黑人和混血儿恋爱的、日益增长的白人男子来说，白人妇女少得可怜。她们通过婚姻或继承权，或成为

---

① Goa：印度果阿邦，曾是葡萄牙的殖民地。
② Canarins 音译为加那林，意思是生活在卡拉维拉斯河和穆库里河两岸居住的土著群体。
③ bancanes：音译为巴尼阿尼，意思为加那林人的贬义称呼。

广袤领土的女主人,或成为拥有巨大财富和声望的统治者。例如:约瑟夫玛·卡斯特布兰科夫人,一个租地主①与一个黑人奴隶的女儿。她成功地在赞比西下游和卢帕塔峡谷周围巩固了她所继承的财富。据某些流言所描述,这一切不仅要归功于与内地的贸易和为狩猎人提供的护卫,还要归功于那些无法穿越激流的失事驳船和卢帕塔峡谷附近河床上无数的岩石。而对很多其他人来说,言明或不言明,约瑟夫玛夫人的财富和名声主要是依靠性交易。

在约瑟夫玛夫人的坚固的阿林加②中,出售处女是她的一贯做法。她们经过专门的训练,用以扩大地主、猎人和商人的后宫。约瑟夫玛夫人在她们还不懂事的时候就把她们买了下来,并对她们进行了复杂的色情培训,以及传授在买主家中的各种生存方式。协助她的是依雅宫达③们。这些成年妇女在与女性奴隶打交道方面经验十

---

① prazeiro:意思是租赁地地主。中世纪葡萄牙国王阿方索五世(Afonso V)和曼努埃尔一世(Manuel I)颁布的法律,以固定年费换取的土地授予或租赁。

② aringa:音译为阿林加,意思是逃离出走的奴隶所聚集的社区。

③ inhacodas:音译为依雅宫达,意思是女性奴隶的首领,通常都是成年女性。

分丰富。在早期,她们扮演着女奴领袖的角色,由她们管教新人,软化她们,使她们变得诱人并富有吸引力。就如太特或宗博等遥远的地方所传的那样,那些不情愿者或蔑视者,那些不守规矩的女奴,作为惩罚或杀鸡儆猴,都会被移交给专门训练过的猴子,让其为她们破处。不管是真是假,与猴子的这种做法从未得到证实。使库阿查也无法证实此事,即使他顺赞比西河下游游历时,曾在约瑟夫玛夫人的土地上稍作停留。但他可以证明一件事,因为他目睹了那些反叛的奴隶被扔进鳄鱼出没的水域。那已是一种惯例,内陆地区许多领土主的做法就是把不顺从的人扔进鳄鱼的肚子里,或者让不顺从者接受各种实验。这种实验包括是否有能力或多或少地抵抗有毒饮料。

当使库阿查见到约瑟夫玛夫人时,她宽阔的、躁动不安的臀部,以及丰满的、五颜六色的布下起伏的乳房,使她向来往客人投去的热情的、顽皮的笑容更加诱人。任何仅从外表认识她的人都很难想象,在这些圆滑的举止背后,竟潜藏着一张专制和纪律严明的面孔。

除了目前的商业活动和对处女的培训之外,她还把阿林加内变成了一个隐蔽,但有利可图的锯木厂。来到这里的商人、军人和殖民地官员都会发现这里的床榻才是最温暖的。随着时间的推移,阿林加便成了那些去塞纳或太特的上游或下游的人的必经之地。在每个人的眼中,约瑟夫玛夫人是一位受人尊敬的妇女。路过的许多显赫人士的生活都从她的手和耳中穿过、在她的温床上度过。然而很少有人敢公开说出,她与一个冒充保镖的黑人男子做爱。当时的世俗之见,嫁给外邦白人后就不能与黑人仆人有瓜葛,但她并不掩饰对黑人纳扎雷的热情。她甚至宣称,没有人可以因她床上有一个黑人的事实而告诫她。因为他们:白人男子和加那林人,不畏惧主的话语,违背了对上帝的誓言,为了财富欲望与黑人少女做爱。为什么她就不行,她是自我的主人,难道就不能有一个黑人男人?事实上,没有人公开批评过她。

当使库阿查冒险进入赞比西河下游的土地,为了寻找想象一瞥中的非洲时,他对约瑟夫玛夫人的印象即是如此:傲慢、刻薄且慷慨。

事实上,早在格雷戈迪奥鼓励他冒险进入内陆之前,安东尼奥·贡萨加(使库阿查)就已经对太特镇的宁静感到了厌烦。探险的呼声响彻云霄。在他的想象中,非洲远比那些尘土飞扬的街道、散乱交错的人影物像、慵懒散漫的人群、阳光下满是死气沉沉的房子的小镇更深广更稠密。河水宽阔而沉默,凝视着、并不屑一顾地蜿蜒曲折地流淌向远方,直至海岸。对他来说,那些悲伤、干燥的声音回响在每个角落:在散落的石头上、在山羊刚刚嚼进嘴里的树梢上。那并不是他想象中的非洲。他的非洲有茂密的山坡,还有随着坡度的下降而植被逐渐稀少的、有着敏捷的猎豹的平原。猎豹在大草原上猎杀羚羊,在快速的跳跃中,将自己隐藏在郁郁葱葱的丛林中。当成群的鸟儿飞向飘散着白云的天空时,树枝被拍打得沙沙作响。他梦想的和亲眼所见的非洲,是大象群嘈杂地在高大的绿叶丛中开辟道路。狮子和豹子蜷缩在其中,专心致志地参与到大自然母亲不可避免的平衡之中——猎捕大草原上的扭角羚、黑斑羚和水牛。他的非洲也在神秘的鳄鱼身上。那些鳄鱼从赞比西河的阴暗水域中浮出,随后晨间成群结队地沿着河岸游散开,而勤劳的鸟儿早在那里等着它们。鸟儿们每天帮鳄鱼清理它们宽且深的下巴里不平整的尖牙中的寄生虫。这是使库阿查抵达非洲大陆的塞纳河和太特河地区时,逆流而上所看到的理想化的非洲。

　　从塞纳到太特,无论是乘坐竹筏,或其他适合的驳船,划船工知道如何应对河上致命的险流,尤其是在雨季时,他们的河上航行经验十分丰富。航行条件好的时候,则没有太大颠簸,但是还不能掉以轻心,因为河马它们总想显示在水中的统治地位。它们的眼睛直勾勾地盯着水面。这迫使独木舟不得不停下来,在原地等待几分钟,直到它们沉入水底再浮上来,以便知道它们在水中要走的路线。如果人们不做这些停留的话,而这些河流巨人也欣喜看到这样的情况,结果就是他们以及独木舟就都可能被河水淹没。

面对牛群,划船工经常会到岸边等待好时机。然而,在河边游荡最危险的事情莫过于停泊在母牛和它的小牛之间了。

在那样的时刻,雌性保护幼崽的本能般的怒火就会在超过一吨重的身躯中爆发。木舟就会像没有方向的树枝,在汹涌的水面上隆隆作响,直至船上所有的男人和女人都作为鳄鱼的饲料,而对鳄鱼而言,就是一顿山珍海味了。除了那些不确定的、规律性的不测事件之外,白天的航行还是非常愉快的。木舟在有节奏的划桨声中,在男人们的歌声中划过水面。歌声与大自然的旋律融合一体,处处充满了自然的和谐之音。悠扬的韵律,从黑皮肤身体的汗水中流淌出来,与河水拍打木舟两侧的声音共同有节奏地在银色的水面上飘扬。

使库阿查很是欣喜,因为这些是他以前从未见过的场景:划船工发达的肌肉和汗流浃背的黑色躯干,通过船桨抛向他们背部和手臂的水滴所反射的光线,使得蜿蜒而行的血管更加凸显。他们欢快而自然地划着数百条在赞比西河的水中纵横交错木舟,上面载着奴隶和象牙、珠子和布料、痛苦和欢乐。它们是臂膀,是声音,是歌曲,是哭泣,是河流,是幸运的和不幸的被开辟了千里万里的赞比西河。

由于好几个已知流域的强大水流影响,从塞纳到太特的航行通常需要两个多星期。在适宜航行的时期,数百个通常被淹没的荒岛就会成为夜间的停靠地。木舟划船工会在较低矮、不确切情况的河岸上抛锚,并与搬运工人一起,匆忙准备晚餐。那些晚餐无一例外都是乌咖喱①,是由用玉米和御谷粉混煮而成,同时还有新鲜的鱼或者鱼干,有时还有从内陆带的肉干。

一般来说,原住民们会围着篝火热火朝天的交谈,自然地忽略了周围的美景,他们不会为萤火虫断断续续的光芒、天空中无数的星辰、树叶的沙沙声,或者夜晚草原上掠食的狮子遥远的吼叫声而欣喜若狂。原住民对使库阿查在篝火开始前的到来感到喜悦,独划船工和搬运工也为赞比西河床沿岸的夜晚增添了一抹色彩。在幽暗的水面上,还可以观察到鳄鱼刺眼的目光,它们仔细观察着人类的移

---

① 乌咖喱,莫桑比克地区称之为 nsima,是东非地区最常见的淀粉类主食,主要成分是玉米面。

动路径。然而,在舒适的小块土地上,划船工很少会去注意水中潜伏的动物。这些鳄鱼,静默不语,却目光闪烁;而火舌则随着削减的星空,随着黎明的到来而慢慢消逝。

与搬运工不同的是,划船工穿无袖长衫,在腰部穿一件被称为尼工达①的内衣外,还会裹一块被称为卡布达②的棉布。其他人,但只有少数人,会穿短裤。在劳作中,他们几乎总是赤膊上阵。

他们着装的变化与温度的变化保持一致,不过这一点儿也不符合牧师的习惯,有时还会让他感觉很不舒服。然而,在传教初期,他通过宣誓自己的宗教性,表明了自己与其他人的距离,通过着装标明他在地与在天和主的桥梁关系。然而,这种着装让当地的男男女女都感到惊讶。当地人通常以无辜者的自然姿态展示着他们的乳房、臀部和大腿,两腿之间被一条带子遮住,而这条带子往往都还遮不住新长出的一束毛发。这些画面使一个作为牧师的他的精神受到了干扰,因为他也年轻。当欲望的血管在微笑的黑人妇女面前膨胀时,使库阿查勉强掩饰着脸上的不安。令他略感安慰的是,河水的温热有助于平息与他所承担的

---

① negonda:音译为尼工达,意思是指一种内衣。
② capunda:音译为卡布达,意思是指葡萄牙一种传统的棉布。

神圣性不相符的躁动。

"你的命运早已注定。"格雷戈迪奥说。

"确实……冥冥之中我的命会被葬送在冒险中。"

"你不怀念你的法衣吗?"

"它并没有让我变成无信仰的人。"

"一点也没错。"格雷戈迪奥说,直直地看着使库阿查。

他知道这个人进入他卧室的人,无非是因为他的疾病。他深知使库阿查躲闪但深沉的表情意味着什么。他们在一起生活了十多年。当格雷戈迪奥定居在这片土地上后,就希望他能成为一名史官和知己。他给了他土地和班达兹尤①,"动物"的另一种说法。格雷戈迪奥为他打开了与王国的大小人物之间的信任之门。当他娶菲塔为第一任妻子时,格雷戈迪奥为他担任伴郎。后来,根据当地的习俗,使库阿查还自由地迎娶了其他妻子。新的习惯逐渐开始依附在他的身上,而他的精神世界在时间的耐心浸泡下,慢慢褪去了旧时习俗包裹的坚硬外壳。

他与格雷戈迪奥的亲密关系并没有让他远离其他同伴:若昂·阿尔法伊·萨邦奈特。他们两人之间的联系可以追溯到太特小而寂寥的教堂里健康的聚会。他们两人

---

① bandázio:音译为班达兹尤,意思是指动物。

在那里受够了没有树荫的树木,最终决定走上冒险之路。若昂·阿尔法伊不苟言笑,寡言少语,手势克制,步态无声,一个不那么细心的人很难察觉到他的亲和力。他的脚步慢且短。他五英尺的身高几乎可由此判定他是个侏儒,这也是得他讲话声不大的原因。使库阿查也不算太高,但当他们一起行走时,他不得不弯下腰来,才能听到他说的话。

像许多黑人仆人一样,若昂·阿尔法伊出生在太特镇。他的父亲阿尔法伊·索基尔还年轻时,已经作为自由人在镇上站稳了脚跟。应其祖父的要求,他在商店里做工,并代表葡萄牙人在腹地运输货物。他很快就从教区牧师那里学到了葡萄牙语的一些基础知识。教区牧师习惯性地板着脸,很少关注上帝。他总在门可罗雀的教堂里,用他精明的语言咒骂着太特镇的炎热和干燥的气候。严格意义来说,甚至他的书写的能力也降低不少,只有到了不得不写的程度,他才提笔。所以,对已经是成年人的使库阿查来说,他才有更多的机会用粗糙而杂乱的方式记录一些简短的口述。但也仅仅是记录,他所选择的话题,总和住在村里的原住民的日常讲话有关。那嘶嘶作响、锋利的、干巴巴的声音,总能让人联想到河岸上噼啪作响的芦苇,同时让人感受到晨风和晚风的味道。那也是葡萄牙人开始带走黑人们,覆盖在这个缺乏树阴小镇的主旋律。在这份来自白人的珍贵礼物面前,母语被置于次要地位,虽然母语可以表达了葡萄牙语无法表达的思想状态。在太特和塞纳等地,混血儿日益增多的村庄和地方,语言之间的借用十分频繁,以至于人们有一种置身于一种新语言和文明的感觉。但语言的发展和种族的繁衍并没有让使库阿查担心,他对镇上白天买卖和交换奴隶的行为越来越感兴趣。在临时搭建的市场上,鞭子杂乱的打击声在奴隶疲惫的肩膀上嘶嘶作响。由于摊位上长期展示奴隶,使得血液在破旧的木头上嘎嘎作响,那是谴责奴隶主的吱吱声。村里的黑人比白人和加那林人多得多,然而,让郊区牧师感到伤心的是,该镇的黑人以自称是异教徒的漠然态度,远离了那些痛苦的场面。

"他们是外国人,牧师。"阿尔法伊面对使库阿查的惊叹说。

而事实上,那些奴隶确实是。与其他本地黑人不同,他们的脖子上被叉锁一个接一个地拴着,像牲口一样排成一排。他们在木台旁边排队,等待交易,以换取布匹和珠子,以及其他比人类灵魂更珍贵的商品。许多人在这种人口买卖交易中,因长途跋涉的疲劳、因闻所未闻的疾病和虐待而晕倒;有些人,而且不在少数,最终因被遗弃而死亡。对这些人来说,坟墓就是一块光秃秃的田地或灌木丛,那就足够了,并且没有任何提及此灵魂实体的信息。

"不管是不是外国人,他们都是和我们一样的人,阿尔法伊。"

"对他们而言,这些事儿就像牙缝间的肉,让人不舒服。但是一旦剔除了它,我们就会忘记并重新回到生活中来。"

"那并不好。"

"至少还没有殃及我们。"

"即使是大象也不会忘记它们的落脚地。"

"与白人生活在一起久了,人们都忘记了他们母亲的子宫。"

"蜗牛并不会抛下它的壳。"

"灵魂在这里都会改变,神父。"

那是在一个多年征战留下了不可磨灭的伤痕的格雷戈迪奥阴暗的房间里沉默时,浮现在使库阿查脑海里曾经的生活画面和场景。但把格雷戈迪奥困在床上的疾病并没有带走他对非洲神灵的信仰和其所带来的能量。自他认识格雷戈迪奥以来,格雷戈迪奥就从来没有因为任何或大或小的病痛而去寻医问诊。这种奉献精神在很大程度上要归功于恩福卡的贡献。她作为众多贵族女子之一,以及逐渐主权国家化过程中的女子之一,成了格雷戈迪奥的第一个妻子。

"你离得太远了……"

"我以前从未进过你的房间,格雷戈迪奥。"

"你都够不到地上的皮坐垫。"

"我的腿没放在外面。"

"那么,直奔主题吧。"

使库阿查在谈到这个话题时并不感到自在,自从格雷戈迪奥决定接受生命的大限,以及在其指挥下承担土地和人民合法化以来,这个话题就一直困扰着他。他现在感觉到,这个王国已经被亡灵所触碰,那些亡灵就像徘徊着的、恶名昭著的秃鹫,而周遭的世界即将朝着其他方向继续发展。

"你要先走了吗,格雷戈迪奥?"

"这就是你来的原因吗?"

"也算是。"

"我早预料到了。"

"为什么?"

"你的优柔寡断,你缺乏信心。"

"我的信心仍在,尽管有些动摇。"

"我不是说你的信仰。我是说其他人的信仰,比如我的。"

"什么让你如此认为?"

"慢慢观察到的细枝末节。"

"这是你的感觉。"

"是吗?……那你能相信我所接受的治疗吗?"

"有些领域只属于上帝,格雷戈迪奥。"

"你真的不相信有转世?"

"在主的眼中来看,不相信。"

"那么,你在这里做什么呢?"

"呼吸着生活在这个可能会随时溜走的现在。死后的事情不控制在人的手中。"

"只有你的上帝才能破译它们?"

"主才能分开生死之水,格雷戈迪奥。"

"那么,疗愈师的工作就是一个笑话?"

对话的语气把恩福卡招了进来。她沉默着,一如既往般半遮半掩,人们感觉不到她的脚步声,只感觉到她的影子在地板和墙壁上游荡,引导人们去寻找它的主人。而她是一位有着流畅线条、苗条身材的女主人。这一点在她的身上体现得淋漓尽致:在那些本该丰满的地方,在她身上则纤瘦无肉。在这种情况下,任何人的目光从她的肚脐划向她的双腿,再穿过那条狭窄的地带,都不会有任何想象的空间,因为她大腿边缘那干瘪和狭窄的肉像极了裸露的岩石峭壁,而热带地区其他的胴体则丰满和热情。但她的丈夫格雷戈迪奥却十分尊重它们,因为它们是三十多年前安斯康加人的国王的大腿,安斯康加人是一个母系民族,生活在赞比西河北岸的宗博以外的地区。在商业世界蔓延到整个赞比西河谷,从而引发的频繁和破坏性冲突时,安斯康加人和他们的阿奇昆达①战士除了为格雷戈迪奥提供的良好服务之外,还向他送去了一个妻子,作为友好往来和缔结友谊的标志。

"你需要什么吗?"恩福卡问道。

"没什么。"格雷戈迪奥微微咳嗽着回答,"一切都很好。你可以离开了。"

"啊!……"

随后她便出去了,一如既往地沉默。从虚掩的门中射入的光束逐渐消失。影子也消失了。房间里又恢复了阴暗的色调。格雷戈迪奥理了理他的枕头,整理了一下他那束蓬乱的头发。使库阿查把他的右手放在下巴上,盯着眼前的病人。椅子都在它自己的位置上。在昏暗的房间里,时间好似一成不变。

---

① achicunda:音译为阿奇昆达,意思是有武装力量的奴隶战士。

"我想我们最好改天再继续谈话,格雷戈迪奥。"

"我不知道我是否还有明天,使库阿查。"

"你难道不打算争取永远待在这里,待在你自己的人民中间吗?"

"你在跟我开玩笑,安东尼奥。"

"我的目的不是开玩笑……我不是在开玩笑。在我的内心深处,请相信我,我很佩服你的信念:你想要控制那些只有上帝才掌握的东西。"

"那就等着吧。"

"你是白人,格雷戈迪奥。"

"难道转世就不能发生在白人身上吗?"

"你的世界不属于这个王国。"

"它能发生在这个王国的其他人身上吗?"

"那是他们所相信的。"

"我是国王,伙计。"

"但你不是属灵的,而是属肉体的。"

"无论你相信与否,这是我的世界,使库阿查。我的肉体将在这片土地上腐烂,而我的神灵,会化为狮子的神灵,将在丛林中咆哮。"

"我也希望如此。"

"你只要记录我王国的过去、现在和未来,对我来说就已经足够了。"

"如你所愿。"

"这是我唯一一拜托你的事情。"

面对其他人的沉默,马库拉·加农加,王国中第二重要的人物,被所有人称为姆阿纳曼波,在当地语言中这样称呼的意思是曼波的助手。他打破了沉默,命令信使和收税员首领卡姆特·马特加派他的手下,即传格斯,向全王国宣布曼波安东尼奥·格雷戈迪奥的死讯。"我会这样做的。"卡姆特说,随即他转身离开了仍守在遗体周围沉默人群。"告诉他们,按照惯例,葬礼将在三天后进行。派遣特使到邻近的王国……让鼓声响起……"

莱奥·姆普卡是王室负责葬礼仪式的人,也被叫作萨博维拉,甚至比他自己的真名更出名。他要求在场的人都离开房间,因为现在需要开始对遗体做一些准备工作。太阳已经升起了。使库阿查仍有些错愕,思绪再次回到了房间里和回到了现实的时间之中。自从他来过之后,那个房间没有再发生过太大的变化。死亡是很自然的,它能置换任何物体。阿卡特姆和豹皮被集中在房间的一个角落里。挂着众所周知的珠子项链的绳子已经被拆除,以便为王国的身体腾出空间。遗体完全没有活力地躺在床榻中间。床边的武器也已经不在了。格雷戈迪奥已经死了,他想,然后跟着其他人走到了门口。

死者的妻子们把更多的物品收集整理到适当的地方。在一块黑布上,萨布维拉收集了粉末、树叶、油、刀子、刀片和所有其他与遗体准备室有关的工具。遗体上的头发和胡须都需清洗干净,还要为这个房间驱魔。寡妇们、子女们还有其他近亲都要准备好去参加哀悼会。

在房间外,长老们已经在初升的太阳下伸开了手臂。阿林加陷入了一片杂乱之中,鼓声如雷。被称为"班达兹尤"的家奴们匆匆忙忙地来回走着,好似什么也没做,他们被不断发出的命令声弄得晕头转向。阿奇昆达们则更加平静,清洗着他们的长矛和戈戈德拉。为纪念死者而跳的武士之舞将填满三天的丧期。"丧期"一词被用在此处可认为是一种对葬礼流程的描述。然而,为对他们来说,国王的死亡是可以在哭声和无政府状态中切身体会到的,这就可能导致不会被审判的谋杀案随时发生,因为在没有权力的三天里,一切都会被允许,因此也把这段时间称为"choriro",直译过来就是没有秩序的哭泣。

当地人称为麦斯理的铁匠首领泰戈·奇坎达里命令熄灭炉火。哀悼的火焰则例外。所有的工作被叫停。那些正在耕种土地的人将离开农田。那些正在打猎的人将离开设好的陷阱,他们全部都要回到王国的首都。无序的哭声开始了。路易斯·安东尼奥·格雷戈迪奥,在当地语中也被称为纳贝兹①,已经长逝了。

在定居太特镇以北的广袤土地之前,格雷戈迪奥首先在塞纳镇,准确地说是在圣马尔萨要塞建立了自己的地位。因为他的步兵队迫使他不得不这样做。这座堡垒距离城镇还不到一英里,在十八世纪初就已经失去了昔日的雄风。石头和石灰,象征着昔日帝国的征服和宏伟,堡垒的大门顶部装点着石刻的王室纹章,其四个碉堡仍然屹立不倒。堡垒其余的部分由被日光照过的砖头和简单的土坯组成。随着时间的推移,这些建筑变得很脆弱倒塌,这也显示了塞纳镇在与内地贸易中的颓势。面对无政府状态,逐渐在奴隶贸易中出现了奴隶战士们,即前面提到的阿奇昆达,他们也是贸易地区土地租赁主的主要支柱。

在堡垒中的三十名士兵中,格雷戈迪奥带领了十几个人,他们配备了五门八口径、三门五口径和两门三口径的火炮,组成了一个看似为城镇提供安全保障的强大阵队,而这个城镇则被土地租赁主和四处游走的带着手动装填

---

① Nhabezi,音译为纳贝兹,在当地土著语中意思为医生或者疗愈师。

子弹的步枪和其他战争武器的奴隶战士所左右。其中一些土地租赁领主仍然效忠于葡萄牙王室,因而王室会授予他们头衔。但也有许多人并不效忠于王室,因为他们觉得自己是独立的且不受任何胁迫,因此塞纳的土地租赁主们在炮兵被削弱、士兵不断叛变、欧洲人、加那林人和爱国者沉溺于法律之外的交易的情况下,感到无力面对任何的起义。军营里士兵的工作就是各凭良心为自己积累财富,或者做其他不服从军队纪律的工作。

在格雷戈迪奥到达塞纳河的土地之前,人们已经对他说过,塞纳是一个由淘气孩子、由不听话的、对上帝没有什么敬畏之心、并被各种迷信所支配的人们组成的小镇。事实上,该镇有六座教堂,其中五座是私人的。在那些地区,其他教会如雨后春笋般出现,而且没有一个固定的神父来管理该镇和邻近地区,或管理其他教会以及在忏悔之路中迷失的灵魂。在里斯本地震后的一个世纪里,随着耶稣会教士被驱逐,拥有大片土地和奴隶的多米尼加人将自己更多的精力放在了商业活动和征收什一税上。当然,留给他们的时间就不多了,他们没有时间去改变当地人的信仰。民事案件的处理统统被交付给了一个几乎无须做出仲裁的法官,因为当时有针对葡萄牙人和果阿人的法律,还有专门针对黑人的法律。对于后者来说,法官几乎没有仲裁诉讼的权利，因为法官的权力不能与黑人的主人重叠。三位镇议员把时间花在管理他们的土地上，只在游行的日子和为该镇及其周边地区的知名人士提供装饰品的日子出现。检察官和书记员无论多么热衷于为农产品定价，都不会得到遵守，因为那些少数仍对耕作感兴趣的农民，总按照他们自己喜好议定食物的价格，而该镇在格雷戈迪奥统治时期，价格问题则很容易达成共识。

塞纳镇位于赞比西河的左岸，在六七月份期间会迎来腹地村民的到来。他们乘木船、竹筏和小舟来交易货物。此时该镇便会摆脱其阴郁的基调，呈现出欢快的色彩。虽然冲突也不曾间断。但在死气沉沉的、小镇自给自足的时期，常常能看到一些女性。她们是葡萄牙人的女儿，纯白种人很稀少，大多数是混血。在教区牧师从未谴责的目光下，她们炫耀着丝绸裙子和五彩的阳伞，带着二十多个服侍的奴隶在小镇上漫步。教区牧师允许她们和未信教的奴隶一起做弥撒。那些高个子、爱吹牛的贵族妇女，也就是众所周知的混血儿，很多都是爵位和财富的继承人，后来成为赞比西河谷一带广大领土的主人。当时，在十九世纪中叶，最引人注目的是乌苏拉·德·圣戈麦斯，伊格尼斯·阿尔梅达和多明戈·科迪拉。当她们走到街上时，有五十多个女奴陪同跟随。由于镇上的房子不像典型有序的城镇街道建筑，它们彼此之间相距甚远，所以大阵仗出行并不会受到太大的限制。在这种公开展示自己的奇装异服、面纱和带遮阳伞的帽子的时候，黑人们会从山上走出来，站在马车旁边，在克制的笑声中看着离开庄园去向其他庄园的女主人的队伍。这种礼节性的拜访和聚会，只会在周日以外的日子进行，因为她们都说周日是献给主的。但在实践中，也只是她们在教堂的荣誉位置上铺设地毯和坐垫的借口。这一切都是在教区牧师的注视下完成的。然而牧师也只满足于将集体祈祷与主联系起来的世俗形式，且从未表现出向异教徒传福音的研讨会上学到的热情。

随着与腹地贸易的增长，信徒的数量也减少了。这是因为白人、贵族和加纳林人——许多人称之为"巴尼阿尼"，他们对占卜术、算命和驱魔的强烈着迷。在这种追求之中，在当地语言还没有在他们的词汇世界中成型时，一些教区牧师摇身一变，毫无顾忌地接受了纳妾和其他习俗。教区雇用的混血儿数量越来越多，也越来越喧闹。

在圣诞节期间，对于路易斯·安东尼奥·格雷戈迪奥来说，该镇散发着一股强烈的腐烂芒果和成熟番石榴的味道。但当地人有威望的人为了抵制这些和其他的东方气味，他们保留了粉红色、灰白色和紫色的宁静的三角梅。

这些白色和粉色的三角梅覆盖了庄严房舍的宽阔空间,那里还长着槐树和法桐,它们在绿色和寂静空间里散发出了自己的香味,并由赤裸着身体的、面带微笑的奴隶们以堪称艺术的方式打理着。十二至十五座庄严的房屋在塞纳村脱颖而出。它们都是由干燥的土坯、芦苇制成的,上面覆盖着稻草,用拍打过的泥土铺成,里面铺着垫子,宽大而通风。由于害怕火灾,他们将厨房建在离庄园不远的地方,远离集中庄园里的仆人们——主厨、帮厨、面包师、甜点师、仆人、园丁和几十名警卫——的住所。

在村里所有的人文和自然景观中,除了黏附在皮肤上的东方气味、丰富的美食提供的辛辣味道和五颜六色的木罐之外,格雷戈迪奥一生几乎都生活在一年中大部分时间都被浓雾笼罩的村子里。该村位于低洼处,早上有很长一段时间都会被厚厚的雾气所覆盖,太阳光迟迟不肯散开。在沼气所引起的频繁咳嗽声中,所看到的行走的人们都好似微弱、颤抖的剪影。湿度似乎也附着在每个肉体上,使其变得柔软。像所有的沼泽地一样,土壤肥沃而诡谲,散发着潮湿黏土的气息,在水果丰收的季节混合着腐烂的芒果和成熟的番石榴的味道。

在艰难开启的早晨,人们尝试摸索着探路,已经记不清撞到过多少树木或灌木丛。他们的声音在冲破浓雾、寻找其他回声的同时,也被热带的粗糙和艰苦所侵蚀。镇上的人几乎都穿着灰色的衣服。直到中午时分,已经高高在上的太阳才会完全撕去了灰色的幔帐。日落时分,太阳已经落到山外,雾气便会再次笼罩村庄及其周围,但却没有了早晨雾气的浓烈。人们举着火把,像巨大的萤火虫一样散发着持久但颤抖的光芒。河边村庄一带的景色使格雷戈迪奥想起了他的家乡葡萄牙内陆寒冷雾蒙蒙的清晨,时间从他的记忆中溢出。回忆也被他初次打交道的黑人村庄的气味和味道所滋润。

格雷戈迪奥经常离开无事可做的堡垒。于是,他很快就爱上了一个叫路易莎的黑人姑娘。路易莎在塞纳的行政部门做一些小活儿,而在那儿格雷戈迪奥和他的书记员朋友若昂·安德拉德经常讨论一些事情。他是一个身材高大、四十多岁的中年人,而格雷戈迪奥当时才二十几岁。他们之间的友谊是如此强烈,以至于书记员在格雷戈迪奥离开时,向他提供了一份王室宪章的副本,该宪章授予用当时的拼写法写成的塞纳、克利马内、太特、宗博、索法拉、伊尼扬巴内和基林巴群岛等地以城镇的地位。若昂·安德拉德对葡萄牙王室宪章的正确决定感到自豪。在两人告别时,他怀着深深的喜悦,高声朗读着王室的话语:

"……卡利克托·兰赫尔·佩雷拉·德·萨,莫桑比克中心区、塞纳河和索法拉区总督长朋友。我,国王,向您致以诚挚的问候。因得知,莫桑比克广场区的当地民事和经济政府已经完全瓦解。目前,此地区无人对各方进行管理,也无人照顾人民的共同利益。我很高兴建立上述城镇,并授予这些城镇享有所有特权。在未来的时间里,不仅可以在岛屿上建立定居点,而且还可在同一岛屿相邻的大陆上建立的定居点和农场。我命令你们立即组建上述地区政府并选举一名法官、三名议员、一名议会律师和一名议会秘书,任期均为一年。两名定价员,任职一个月,之后每月再增加两名,直到第一年结束。按照第一册第六十七章条例的规定选举法官并续任议员、议会检察官和议会和其他所有官员,并根据王国同一条例中的规定为所有人民服务。市长、秘书、狱卒和检察官,均应登记在册,并且每六个月按照法律规定发放工资,在对管理有更多了解的情况下,可再商榷拟定合适的薪酬。"

"这才是真正的葡萄牙语,格雷戈迪奥!你再多听点儿……"

"不了,若昂。你不需要再读了。我很高兴有国王的话陪伴着我。时间不等人,我得走了。"

"一路顺风,格雷戈迪奥。我将在这片土地上一直等待即将到来的退休年龄。我的岁数已经无法在这片荒野中冒险了。孩子们和妻子们在都在温暖的家中等着我。冒险是属于你的,格雷戈迪奥!"

"谢谢你,安德拉德。这封信将永远放在我的床头。"

格雷戈迪奥在朋友面前如果真说过此话,那么在朋友不在时,他并没有遵守。因为他一生都没有完整地阅读过这封王室信件,这一点也并不严重,他总是把这封信放在其他不重要的地方。直到某一天的到来,他想起了它,并且想要拆开它,把它交到他的知己和史官使库阿查的手中。那时,那片土地已属于他,以曼波的头衔,而不是总督,或总队长,或法官和检察官,而是国王,就像葡萄牙的国王一样,即使领土并不大。

圣马尔萨是他的行进路线上的一站,也是他并不引以为豪的过往的印记之一。格雷戈迪奥没有给予使库阿查所提出的问题应有的注意,他觉得圣马尔萨会像基督的七十二个门徒热切地跟随他一样跟随,会像上帝的命令下,接受彼得的洗礼一样欣然接受他。而他自己将自己比作是《圣经》中拥有五饼二鱼的男孩,基督用这些食物创造了第一个倍增的奇迹。他好似出席了最后的晚餐,帮助基督为他的门徒洗脚。他因使死人复活、瘫子行走和熄灭大火而闻名。他的信仰甚至使里斯本地震时四起的火焰因简单的祈祷所熄灭。

"圣马尔萨是那些帮助需要帮助的人们的守护神,格雷戈迪奥。"

"如果它像你说的那样是有需要者的保护神,那么我待在圣马尔萨和塞纳要塞期间,我从未看到它向那些哭泣的奴隶伸出手。而那些经过该镇的奴隶的命运只有上帝才知道。"

"他是那些信仰基督的人的卫士,格雷戈迪奥。"

"胡说八道……这里的规则非常简单。你不需要弥撒和无聊的祈祷来获得神灵的保护。信心就是接受艰苦生活强加给我们规则。"

"这些都是看待信仰的不同方式。"

"是的……它们是不同的方式……你在这里不需要穿法衣,使库阿查。"

"你有你的道理。"

"如果我有的话……"

那段时期,格雷戈迪奥几乎不知道徘徊在塞纳镇的圣马尔萨传说是什么。他关注的是象牙生意,而不是经过该镇奴隶们的痛苦和命运。而就在那个时候,当他对与腹地人们所进行的不定性贸易表现出极大的兴趣时,他遇到了那个将成为他余生副手的人:马库拉·加农加。

作为一个年轻的阿奇昆达人,马库拉放弃了作为马桑加诺的领土主。因为在奴隶大贩卖的时代,那无法满足他成为一个伟大猎人的野心。按照惯例,他撕毁了与在赞比西河下游一位名叫本托·罗伊斯·佩尔迪冈的白人猎人的米泰特①。那位白人的悲惨命运就是被一头疯狂的大象变成了肉泥。

大象是一种习性温顺的动物,它们并没有因为枪伤或震耳欲聋的叫声而发疯,但也不能完全相信猎人的智慧。如果在交配季节给一些失去交配能力的大象带去不安,或导致它们失去理智,那么它们会愤怒地折断乔木和灌木,追逐猎人。就是在这种情况下,白人本托·佩尔迪冈还没机会把步枪放在肩上,就毫无准备地被大象抓住了。象鼻卷起他的腰部,然后重重地将他扔到树干上。他竟将树干都撕裂了开来,最后树干和他的身体一起被撕碎成无法识别的残片。大象这才稍微平静了下来,它卷起被撞掉的树枝,放在残缺的尸体上,然后竟急急忙忙地小便起来。

在马库拉的版本中,罗伊斯的死亡不仅是由于大象太多的睾丸激素,而且是由于风向的突然背叛和白人猎人的过度自信。赞比西河谷的许多猎人狩猎都有专门训练的

---

① mitete:音译为米泰特,意思是自由黑人附庸身份的协议。

猎狗陪伴。而这些动物中有许多被注射了鲁巴达①，一种使犬科动物变得极其凶猛的药物，而且能有效地激怒大象并使之迷失方向。这些猎狗通过转移大象的注意力，使猎人的工作更加轻松。但罗伊斯一直拒绝带猎狗捕猎，他更喜欢用自己的嗅觉和近身技术来对付长颈鹿。像往常一样，他逆风而行，但风以某种只有大自然才懂的魔力，突然改变了方向，让人们措手不及。一头大象从象群中分离了出来，咆哮着向人群释放了它的全部力量。正如人们所说的那样，大象抓住了本托·罗伊斯·佩尔迪冈。接下来的枪声与其说是狩猎的惯例，还不如说是一种报复。随即，嚎叫声变得越来越小。在大草原动物的生殖逻辑中，五吨的重量以雷霆万钧之势落在被毁坏的树枝上，这是未满足的交配欲所释放的愤怒。那头厚皮动物向侧后方翻滚，它的一颗牙齿指向了西边。在默默进行的猎物分享中，马库拉并没有遵循宰杀大象的规则：第一颗触地的牙齿归宰杀地的领土主所有。为了纪念罗伊斯，马库拉为自己保留了那头大象的象牙。

在正常的狩猎中，象肉是根据谁最先击中猎物来分配的。由于枪声杂乱无章，马库拉会优先分给他的副手们：

---

① lupata：音译为鲁巴达，意思是一种让狗变得凶猛的药物。

坎巴穆拉和恩古鲁贝,其他人以随机的方式分配。头部和右后腿归马库拉的右臂坎巴穆拉所有,他是一个射术犀利的人,擅长用长矛在大象的肩部之间刺杀。他很年轻,而且相当精明能干。当马库拉成为姆阿纳曼波后,他把狩猎的组织工作留给了坎巴穆拉。前腿分给了恩古鲁贝,另一个年轻的猎人,他后来负责纳贝兹的安全。在分配野味的时候,笑声和喊声,热闹非凡,以至于他们都听不到彼此的声音。

马库拉当时被称为内古巴卢梅[①],与"猎人大师"同音。在他的指挥下,格雷戈迪奥迅速雇用了十五名被释放的奴隶,组成了他的第一支队伍,在赞比西河下游的内陆地区捕猎,专门猎杀大象,完全拒绝将人变成奴隶的贸易。多年以后,使库阿查将他早期作为猎人时拒绝奴隶制的行为解释为是由于外在条件因素而不是意识形态因素。由于没有土地可供支配,而数量和训练有素的捕捉奴隶的人也少了,所以格雷戈迪奥满足于猎象带给他越来越多的利润。多年以后,在格雷戈迪奥自己的土地上,使库阿查在较轻程度上,在本国内也贩卖奴隶。他购买的奴隶充当搬运工、家佣和农场工人。

---

① necumbalume,音译为内古巴卢梅,意思是技艺高超的猎人。

作为一个专业的猎象人,格雷戈迪奥结识了一些地主。他们正缺人手,因为那些人正逃离日益严重的捕捉奴隶的无政府状态。土地主也影响着他们自己庄园的人。阿奇昆达,即土地领主的武装力量,面对无政府状态和成为奴隶的不确定命运的风险,他们放弃租赁的土地,携带武器,在内陆地区避难。他们将自己交给了新的主人。另一方面,由于恩古尼部族之间的内讧,兹旺恩达巴和恩古纳·马塞科的团体为了逃离特查卡·祖鲁并寻找更安全的流放地,正在沿山谷夷平死角和小的王国。当恩古尼人向赞比西河以北的土地推进时,妇女和年轻男子就会被俘虏。山谷沿线的许多村庄被遗弃。庄稼在废弃的田地里腐烂。赞比西陷入一片火海。

多年以后,麦斯理领导人泰戈·奇坎达里告诉使库阿查,当他们到达宗博地区的安斯康加土地时,当地的酋长们都很怀疑,因为他们曾与经过那里的恩古尼好战分子有过不愉快的经历。但格雷戈迪奥在与酋长打交道时表现出的策略很快就被证明是富有成效的,因为从未与白人生活过的土著人见到已经习惯了他们的语言和习俗的格雷戈迪奥,就把当作自己人一样欢迎。从阿尼玛坦加①一词

---

① aniamatanga:音译为阿尼玛坦加,意思是白色。

开始,他们开始称他为纳贝兹,即疗愈师,因为格雷戈迪奥在处理草药和药物方面表现出了很高的技艺。他依靠星星导向也非常准确,许多向导从他那里学到了在森林中定位的最佳方法。他将大米、玉米和豆子引入安斯康加和其他王国,这些举措使得他获得了长五宽三的土地。为了巩固这种关系,国王把他的女儿恩福卡献给了他。恩福卡成了格雷戈迪奥的妻子和姆博纳祈雨仪式的顾问。在首领旁边是穆巴拉,即祈雨者,他会作为新王国的精神领袖。

格雷戈迪奥不再是简简单单的白人猎人,他在陌生的土地上安营扎寨,在隆重的仪式上向国王和地主献上触碰土地的第一颗象牙和肉块。现在他和他们一样。他的亲信,也就是起初的十五个猎人,也被赋予了土地的管理权,都当上了总督或福莫①。在整个不断扩大的领土上,他建立了阿林加来保护自己的领土。民众开始向他表示国王般的敬意。他与邻国的国王通婚联盟,扩大了自己的影响力。

纳贝兹格雷戈迪奥更希望获得精神上的自主权,这就

---

① fumo:音译为福莫,意思是管理者、总督。

使他调用了阿奇昆达祖先的神灵,当地人称之为姆子姆①。格雷戈迪奥引进了适合阿奇昆达举行祭祖仪式的树种。在不脱离母系氏族仪式的情况下,由于越来越多逃离奴隶制的战士、被囚禁的和抛弃在太特周期性干旱且严酷地区附近的人们的到来,阿奇昆达人典型的父系仪式逐渐被引入。纳贝兹欢迎他们所有人。一些人摒弃了米泰特,另一些人则简单地加入了进来。军队在周围地区受到了尊重。恩古尼族人不敢在日常收税时再骚扰民众。白人纳贝兹是拉瓜河和赞比西河交汇处的国王和广大土地的领土主。母系和父系民族在他的王国里交相辉映,但典型的父系社会的阿奇昆达的力量在婚姻和继承权中仍占上风。

"我需要知道我的人是否正在熄灭炉火。"泰戈对从房间里出来,正在靠近的使库阿查说。

"我从那边过来的。"若昂·阿尔法伊说着,走近他们两个人。

"他们已经在熄炉火了。"

---

① muzimu:音译为姆子姆,意思是阿奇昆达祖先的神灵。

"很好。"泰戈回答说。

"我们到阴凉处去吧。"使库阿查说。

"好主意。"泰戈说。

随着时间的推移,泰戈和阿尔法伊之间的关系已经变得十分亲密,以至于在他们被火药和火器制造技术弄得眼花缭乱的时期,使库阿查逐渐不再是亲密的知己。正是在那里,在火和铁的庇护下,在格雷戈迪奥的指示下,使库阿查和阿尔法伊意识到了他们在黑人身上曾经没有看到过的其他能力。在秘密和仪式的包围下,制造武器和铁制工具的工场禁止对陌生人开放。只有那些由纳贝兹、马库拉、泰戈和其他少数人授权的人才可以学习制造火药、枪支和其他致命和非致命的艺术化的"工艺品"。与那些从事狩猎、划船或贸易的人一样,铁匠的工作也有其仪式感。泰戈全权负责。他不但要负责保护工场,监督产品的质量,还要保护火药不受窥视。农民们害怕接近通往树林的那条小路,因为无论白天还是黑夜,那里浓密的灌木丛中都会冒出细小而隐蔽的、围绕着工场的青烟。武器、火药和其他日用品都是在那里成形的。

在太特镇的环境中长大的若昂·阿尔法伊从未想过黑人会掌握制造武器和火药的技术。他把他们视为单纯的劳动力,鞭子和侮辱迫使他们成为奴隶。从若昂·阿尔法伊对铁匠们在铁砧上磨铁的技巧情不自禁的惊叹中,他立即放弃了圣徒身份,他想在没有任何欺骗或诡计的情况下,参与到那种制造幸福和死亡的艺术品中。

当时决定放弃修道士习惯的使库阿查,不仅没有反对若昂·阿尔法伊,反而鼓励他把一个无所事事的圣徒们柔软的手变得坚硬有力。其实很早以前,泰戈就被阿尔法伊无私的精神所吸引,于是,他决定给他那双手和大脑一个更加世俗和实际的命运。师傅和新手之间相仿的年龄一定程度上促成了一种共谋关系的产生。

起初,阿尔法伊和泰戈的关系趋于恶化,因为阿尔法伊想以书面形式记录制造火药和枪支的程序,这事儿有些激怒到泰戈。因为这位麦斯理说只有他和少数的几个人才能见证此技术。而这些见证词从未固定在随风飘动的字母中。"一切都必须在我们的头脑中。记在纸上可不行,阿尔法伊。"泰戈强调说。若昂·阿尔法从此再也不敢练习他在作为学生和专职圣徒时打下的写作基础了。而这并没有伤害到他,因为对拼写的专注是为了他快速的学习知识,而不是为了保存与他无关的知识。据说若昂对铁匠工作莫名的放弃是由于他对独身主义生活的依恋。在那个一夫多妻的世界里,这种做法是极其罕见的。修士们都放弃了神圣的祭坛,与黑人女子们交媾。其他人都认为一夫一妻制的生活是失败的,尤其当他们接近苏娜——纳贝兹的妻子之一恩津加的女奴。人们习惯性的盲目自信都预示着阿尔法伊将过上漫长的独身生活,因为在格雷戈迪奥的土地上,苏娜从未对她身边的男人表示过好感。她只忠于她的女主人,苏娜甚至对男性的目光躲闪回避。人们说阿尔法伊就是一个绣花枕头,还说阿尔法伊如果坚持要那个女人的话,他就会单身至死。然而,阿尔法伊对一切都漠不关心,全身心地投入到他作为弥赛亚的工作中。由于这个原因,以及他自身的优点,他逐渐获得了在责任上仅次于泰戈的职位。

使库阿查远离了他的朋友,他努力澄清被问道的一个问题:独身生活是否就是把自己的灵魂献给白人上帝的一种疾病。使库阿查总结道说,治疗方法是变得不忠于上帝的某些教义。

"生活来了又走。"泰戈说。

"这就是命运的轮廓。"使库阿查表示同意。

"但也有一些人有权掌握自己的命运。"

"死亡之后是什么,只有上帝可以定义,泰戈。"

"这里,国王会转世成狮子的灵魂,使库阿查。"

"我不知道我是否有生之年可以看到或者相信。"

"让我们静静等待吧。"

"你的内心深处压根儿就不相信这种转世之说。"

"这不是一个相信与否的问题。灵魂必须被接受。"

"被谁?"

"你别问我。"

"是肤色的问题吗?"

"没有任何一个白人变成了姆邦多罗①。"

"纳贝兹是试验品吗?"

"时间会证明一切。"

"我还是不太理解。"

阿尔法伊没有表现出对两者的认同,毫无兴趣地听着这个在纳贝兹去世前已经成为新闻的话题。每个人都知道,格雷戈迪奥想在他的身体消失后,把自己变成狮子的灵魂,就像赞比西河南岸土地上的其他统治者一样,他们死后转变自己并以神灵的身份继续管理他们的人。但许多人怀疑纳贝兹的转世灵魂是否真的有能力与在非洲这片特定领域中的神灵共处。

---

① mpondoro:音译为姆邦多罗,意思是其他灵魂的保护者,这里特指狮子的灵性。

负责纳贝兹商业活动的奇蓬达·马坎加,在这里被称为姆桑巴德兹①,因为这个名字更恰当地指明了其含义:腹地贸易点之间商队的领导者,而不是像一些白人和加那林商人那样,站在柜台后面的某个人。奇蓬达在从索里的土地上返回时得知路易斯·安东尼奥·格雷戈迪奥的死讯。索里这个族裔群体已经在安斯康加人、科雷科雷人,塔乌拉人和塔纳德人居住地的北部和西部蔓延开来。当奇蓬达被告知曼波纳贝兹在星期四黎明时分死亡时,当时他的营地已经建立了起来了。这个消息并没有让他感到惊讶,因为几天前在索里人的土地上,他曾与穆库拉·马库斯克国王一起讨论过纳贝兹的健康状况,并预言因曼波即将临近的死亡,日子将会很难过。奇蓬达和格雷戈迪奥的关系密切,还是因为奇蓬达当时负责长途贸易,是他安排了格雷戈迪奥与现任国王的父亲穆库拉·马库斯国王的女儿之一恩津加的联姻。

在纳贝兹的人到达时,拥有丰富的大象资源的索里人的土地还没有被猎人觊觎,因为当时的猎人们满足于追逐仍在奇尔河谷和赞比西河中下游其他地区的大象群。奇蓬达笑得很轻松,也很会说话,他的彩色的珠子、迷人的镜

---

① mussambadezi,音译为姆桑巴德兹,意思是管理商贸的首领。

子、令人赏心悦目的布料、使人惊喜的肥皂、外国的酒水、火器和其他价值较高或较低的产品都吸引了王国里的人们。兴趣如此之大,酋长们都不屑于讨价还价。他们从未有过大的贸易行为,他们用象牙尖作为装饰品,并且在里面塞满了稻草。

奇蓬达预见到了未来的竞争者,于是试图与索里国王建立深厚的情谊。姆巴达·马库斯身高适中,长相端正,有一种抵御肥胖的粗犷线条,而且他还是一个相当谨慎的人。穿插在黑发里的白色发丝表明他的年龄并没有被时间过度拉扯。他的年龄应该在六十岁左右。他管理的政府没有发生过大的动荡,在这样一个清廉的王国里,只会出现一些经常发生的必要争执。广袤的土地,丰富的猎物,没有什么可觊觎的。奴隶贸易还没有让他的人民的生存路线上染满鲜血。狩猎和耕作是他们的主要生活方式。精神之灵与肉体之灵均相安无事。索里人与商业世界几乎隔绝,全靠自给自足。

奇蓬达和他的手下早已习惯于在泥泞的地形上摸索,他们相对轻松地将贸易活动强加给了索里人。姆巴达在他身边的人——那些对珠子的魔力,以及镜子和布发出的光辉感到兴奋人的强烈建议下,最终接受了向等待他的外部世界开放自己。然而,他在很长一段时间内都犹豫不决,因为一些疗愈师预言了即将到来的混乱的时代,不是发生在现在的国王身上,而是在继承的时刻。对于那些用白色酒水预言阴暗时代的疗愈师,奇蓬达试图用更大体积的布料、珠子和镜子来迷惑贿赂他们。最终决定被做出:索里王国对外开放贸易。

奇蓬达在访问期间,签署了不同的协议,但以纳贝兹的婚姻纽带为高潮。一段时间后,在众多不同肤色的随从的陪同下:姆阿纳曼波马库拉·加农加、负责安全的恩古鲁贝、灵媒尼亚津比尔、王室鼓手萨利坎贾利[①]麦图皮、厨师、裁缝,还有比舒[②],以及一百五十名配备古古大和猎枪的阿奇昆达战士。他们新奇的面孔在当地居民中一度造成恐慌。

这是格雷戈迪奥的第一次伟大的国家邦交之旅。他曾作为大象猎人的流浪生活,在星光灿烂的夜晚,学习当地酋长领地的礼仪,并以下属的身份向当地酋长献媚而支付的狩猎贡品,这些都不再是他非洲时代的一部分。现在格雷戈迪奥是国王,无论他走到哪里,王室的演奏者——萨利坎贾利,都会用王室鼓点的节奏证明他的存在。仆人

---

① nsalikanjali:音译为萨利坎贾利,意思是王室乐手。
② bicho:音译为比舒,意思是负责家务的奴隶。

比舒轮流为他遮阳并且安置权力的椅子。纳贝兹,不再是路易斯·安东尼奥·格雷戈迪奥,而是作为国王和赞比西河上游土地的领主和其他领主站在了一起。

在纳贝兹的访问期间,除了反复和长时间的庆祝活动在身体和精神上造成的过度消耗之外,长久地留在人们记忆中的是他似被剥了皮的动物的肤色。许多人都听说过他是一个没有皮肤的人。据说这样的人曾穿过索里的土地,但他们从来没有近距离见过那样的人。因此,许多人被这个没有皮肤的行走物种吓坏了,他们努力想接近并触摸阿奇昆达战士的国王,以确保他像其他人一样会呼吸和说话。王国的日常生活已经改变了:萨利坎贾利走到哪里,就有一群孩子好奇地想看看这个没皮的国王。王国里的老人,秉持着王室一贯的严肃态度,害怕发生传染病,他们被纳贝兹小而频繁的像扇子似的手势吓到了。这种习惯是格雷戈迪奥从狩猎时代继承下来的,他当时常常用这样的手势下命令。姆巴达国王和许多人一样,对这只有羚羊皮颜色的人感到好奇。然而,他很快就习惯了纳贝兹待人接物的主动性,以及欣赏在频繁和长时间的拥抱中所传递出真实的姿态。他也逐渐消除了对这个人传染病的恐惧。纳贝兹在其逗留期间,将通过似节日般庆祝的婚姻成为他的女婿。

但比白人皮肤的故事更持久的是纳贝兹在整个赞比西河上游内陆地区传播的水稻的种植和食用的方法。国王和他的合作者对纳贝兹手下烹饪的稻谷大加赞赏、对其味道感到非常满意,尽管这道菜的颜色类似于鸟类的粪便。

"我会把种子留下,并教导人们如何播种和处理土地。稻谷是一种需要大量水的植物。"纳贝兹告诉姆巴达国王。

"这里,水是最丰富的东西。有许多溪流在流入卡富埃之前会先流经了这片土地。"

"我的手下会教你的女人们如何处理种子和使用土地。"纳贝兹说。

"非常感谢。"

格雷戈迪奥说:"愿往后的日子会更加幸福!干杯。"

那是一个重要夜晚。在这片土地上,三百多位客人聚集在精心装点过的小型的篝火旁。裸露乳房的妇女的合唱夹杂着强烈而和谐的鼓声,充满了整个夜空。姆巴达和他身边的人在王室篝火旁与纳贝兹、马库拉·加农加、灵媒尼亚津比尔、奇蓬达和王室卫队长恩古鲁贝交心畅谈。带着古古大的阿奇昆达人驻扎在王室村庄。贵族女人们此时与男人们分开,她们正准备迎接今晚重要时刻:姆巴达第四任妻子的长女恩津加将作为妻子被送到纳贝兹的手中。

在这种性质的婚姻关系中,国王对他的妃子并没有什么选择权。在没有看到她的情况下,利用奇蓬达对这个女孩的描述,纳贝兹便喜欢上了这个女子。在前往索里人的土地上,奇蓬达对国王日益增长的好奇心一一做出了回应。除了安斯康加国王的女儿恩福卡,他的其他女人,都在大婚前一天见过了。纳贝兹利用了奇蓬达对恩津加的描述,他不但是一个负责所有为王室服务的黑人商团的人,也是一个对主人的性爱口味很关注的人,纳贝兹信任他的姆桑巴德兹的良好品位。这个人知道纳贝兹最讨厌的就是女人和男人口里的烂牙,即便这些烂牙是白人贵族的。

腹地艰苦的生活让许多白人男子在牙齿护理方面变得很懒散。而黑人与其相反,天真无邪的笑容中常常露出洁白的牙齿。谁都无法从那些露齿的、白色的、妇女们从黎明到夜晚的欢愉所传播的笑声中瞥见恶意。人们看到的只是美德、坦诚、纯洁。随着时间的推移和与当地人的深入接触,纳贝兹虽然在其浪漫主义形成初期慢慢就有了等级之分,但对牙齿的标准一直未变,那是美的指标,是黑与白、昼与夜之间的对比。然后才是乳房。妇女们在太阳和月亮下展示着光滑坚硬的斜坡上萌发的嫩芽,丝毫没有不穿胸衣的羞耻感；而那些胸衣恰好掩盖了那些罕见的、无聊的、无精打采欧洲妇女的被热带地区恶劣的太阳烤晒的松弛的乳房。

"我希望你不要让我失望,奇蓬达。"

"绝无可能,曼波纳贝兹。"

恩津加是一个中等身材的女孩,五官修长,就像一只羚羊。她的腰部纤细,臀部也并不凸起,没有她的同胞们那种丰满强壮的大腿。她当时才十八岁,她的眼睛里闪烁着黎明晨露般的光亮。她的牙齿排列整齐,好似纳贝兹欲望中的象牙。恩津加像她的许多同阶级的人一样,她知道她的婚姻是经过协商的。她的母亲,名叫诺丽娜,就是被远嫁给了索里地区,而她母亲属于伦杰斯一族,那是一个在深入内陆的民族,葡萄牙人都从未关注过他们,因为已经不在他们想要的管辖范围内。但卡佩罗和伊文思两位通过大陆连接了大西洋和印度洋的葡萄牙探险家,对伦杰斯一族赞赏有加,因为一次在丛林深处中迷失方向时,伦杰斯一族用仁慈和慷慨的态度接待了他们。他们也获得了向导和搬运工,使他们能够更快地在内陆地区旅行,像幽灵一样悄无声息地穿过索里人的土地,他们肯定没有想象过,多年前他们的一个同胞娶了一个当地血统的女人为妻。历史为他们描画了不同的命运线。以致赫尔曼尼基尔多·卡洛斯·德·布里托卡·佩罗和罗伯托·伊文斯，这些无畏的帝国事业的探险家，将被记录在《殖民地探险史》中，虽然他们对当地人和其习惯并不感兴趣，但是对河流的蜿蜒线条、山脉和山谷、探险的地理环境却非常感兴趣。六分仪和磁力计，相比较于非洲丛林和大草原上疲惫的样本携带者，是更有价值的工具。对于从帝国军队叛逃出来的纳贝兹来说，这片土地上人们的习惯和风俗已经浸透在他的血液之中。他与当地人使用相同的词语，他早已不是一个外国人。他概述了作为融合文化适应者的命运，在商业交流引导下的动荡时代、在奴隶劳动密集的时代、在一种被视为乌托邦式的冒险时代：成群结队的人穿越陆地，寻找黄金、象牙和奴隶，把奴隶们囚禁在海上航行的大帆船里，在新的和旧的土地上分配被污名化的种族。那是一段对人类健康共存无视的年代。

恩津加从来没有见过一个白人。当她被告知阿尼玛坦加（在阿奇昆达人的语言中相当于白人的意思）将成为她的丈夫时，她不禁颤抖起来。这个男人的皮肤让她感到厌恶，因为她觉得这样的皮肤没有任何保护措施，容易感染疾病和传播气味。这种厌恶和反感一直伴随着她，直到婚礼当天。在她心中，白人是没有皮肤的。令她不满的是，由于是国王之间的协议，婚姻过程进行得很快。交换祭品、易手象牙和布料。歌曲和舞蹈。演说。被嘈杂的婚礼惊呆了的恩津加突然发觉自己竟成了他人的妻子和索里人的大使。

然而,那个夜晚,即交接之夜,除了一些小小的尴尬外,歌声和舞蹈都很顺利。让恩津加周围的人感到惊讶的是,她居然显示出对与纳贝兹同床共枕的抗拒。

"那事还引起了小小的轰动。"奇蓬达多年后才告诉使库阿查。

"格雷戈迪奥不介意吗?"

"他早已习惯面对女人们与他接触的恐惧。据说她们最终会喜欢上他的。"

在她的年轻女奴苏娜的陪同下,恩津加被艰难地带到了纳贝兹所在的房子。母亲因女儿的颤抖而担心不已,远远地跟着她,等待从女儿的奴隶那里打听到她行为的一些细节。恩津加曾说她不可能和白人同床共枕的。

"我的身体在颤抖,母亲。"

"他和其他任何人都一样,即便作为国王也不会过分增长他的阳刚之气。"

"你能想象肉从骨头上脱落的情景吗?"

"那是不可能的,孩子。他是一个和我们一样的人。他不是麻风病人。"

"他不正常。"

"他没病,女儿。"

"他没有皮肤,母亲。"

这是恩津加的执念。无论她的母亲和其他妇女如何劝说她,她反而更加觉得纳贝兹的肉体是极其脆弱的。她想象着束手无策的情节:血管剥离,血液涌出,肉骨脱离,眼睛掉出,嘴唇碎裂,牙齿脱落,骨架散掉。

"我不能和那个人睡觉。"

"婚礼已成。"

"我宁愿去死。"

"必须找到方法。"母亲喃喃地说,并看着那些妇女顾问们。

妇女们被这样的决断惊呆了,并表示无法理解。对她们来说,与一个做什么皮肤都会变红的人同床共枕是一种特权。她们想象:他的身体一定非常温热,圆圆的脸上在阳光下泛起红光,一定是以不同的强度悸动着。性爱过程会拥有猫科动物的活力,在反复无尽的缠绵中,会好似蛇般的狂喜。他所释放的热量,将使那些仅为生育而性交的妇女从未满足过的内脏,得到前所未有的温暖。她们认为,不仅仅是男人才会欢呼雀跃。有了白人,性就有了动物性的自由,而不再是夜间黑暗芦苇丛中响起的窒息般的尖叫声。她们把发丝想象成疯狂的藤蔓,缠绕着乳房、脸部、外阴、大腿和身体。她们觉得恩津加一定是生病了、神志不清了。她怎么能把性想象成死亡的画面呢?

母亲明显感到不安,而且看不到任何解决办法。她只能望着瓷砖墙壁和稻草天花板,然而她什么办法都没有想到。妇女顾问们共有五人,她们的思绪还悬浮在异族的空间里,在家庭以外的空间想象的性行可能会导致联想到通奸。当她们沉浸于无法告人的白日梦时,能做的最多是与同伙们交换眼神。事实上,那天晚上的情况并非如此,因为她们没有人敢想象,有人敢擅自将白人国王与她们的性幻想联系起来。她们只能用原罪人的微笑看着诺丽娜。

王室小屋里一片寂静。在外面,在洒满星星的天空下,人声、鼓声、断断续续的狗吠淹没了夜间丛林里的交响乐。王室的人们都在庆祝。诺丽娜比起担心,她更期望从女顾问那里得到些安慰的话语。已经回到现实土地的这些人,带着幻想里拘谨的笑容,在庆祝活动上却沉默不语。苏娜靠在房子里的一面墙上,眼睛盯着自己的肚脐,为这些被蒙蔽的头脑带去了一丝光明。

"我会在恩津加面前与白人睡觉。"

"什么?"母亲诺丽娜问道。

妇女顾问们怔怔地把眼睛睁得圆圆的。她们从来没有想过,她们的白日梦可以由一个女奴来体验。

"你疯了,诺丽娜。"她们齐声说。

"我不明白,苏娜。"诺丽娜说道,并没有在意顾问们的异口同声。

"你说什么?"

"我说我可以和白人国王一起睡,诺丽娜母亲。"

"为什么?"

"如果我可以试吃恩津加的食物,为什么我不能展示给她,让她知道白人的身体和我们的一样?"

恩津加惊讶地看着苏娜。有那么一瞬,她眼中的光芒在她自己都难以置信的视网膜上闪过。诺丽娜微微一笑,惊叹不已。苏娜静静地等待着答案,双臂环绕着她的乳房,站在女奴应待的角落里。认识苏娜的人从未想象过她会有如此主见。作为一个家奴,她有分寸的手势和小心翼翼的声音总是附随在主人的阴影之下。她此时的想法已与主人的床榻接壤。她在阴影下成长,在恩津加的影子下成长。苏娜还是一个孩子的时候,就与在远方遥望着她的父辈们断绝了联系,除了恩津加之外,她没有其他同伴。她的角色始终是编织安慰性的文字。人们不能肯定地说她们那时候就成了朋友,因为恩津加只需要靠苏娜来驱逐自己的坏情绪,以此为快乐创造空间。苏娜的感情在这段关系初期不值一提。她的白日梦是按照恩津加的喜好自由发挥的。她为恩津加而活,而恩津加的坏情绪总是落在她的奴隶身上。女奴苏娜大她两岁,臀部更宽大,在遇到危险的情况时,她会身先士卒。苏娜有责任保护恩津加不受贵族其他孩子的攻击。敌对的孩子们之间的争斗仅会发生在她们各自的女奴之间。苏娜努力保护恩津加。在那些幸与不幸的时光里,留下了许多故事。但她们两个人绝对不会忘记,那已经是在纳贝兹的土地上,除其他故事之外,有一条使恩津加吓到僵硬的蛇。那条蛇盘踞在恩津加的被子下面,它因受到了惊吓,摆出了攻击的姿势。那是一条毒蛇。恩津加当时吓得一动不动。

"你一直都很害怕蛇。"苏娜说,"鳄鱼你就不害怕了。"

"蛇更加狡猾。"

"鳄鱼攻击,蛇自卫。"苏娜回答。

"它们做什么并不重要,但蛇让我感到不安,是你保护了我。"

"我能把自己从恐惧中解脱出来。"

"我不会忘记你的眼睛……"

"恐惧的。"

"愤怒的,苏娜。"

"是恐惧的。"

"那就让它成谜吧。"

"我们之间没有秘密。"

那是一种温和的结束谈话的方式。从童年时期就延续下来的,用简单和轻快的短句打破长时间沉默的习惯。成年之后,比起十几岁的时候,她们才发现彼此算是朋友,甚至是亲密无间的那种,因为她们比王室里的其他妇女更频繁地相互倾诉。事实上,更准确地说,她们的友谊是在她们失去童贞的时候得到巩固的。在那之前,她们的关系一直很浅表,平平无奇且简单易懂。她们生活中的巨大转折点恰恰出现在苏娜提议要与白人男子纳贝兹睡觉的那个晚上。

诺丽娜仍被苏娜的话惊愕到了,她花了点时间来消化这个奴隶的想法。妇女顾问们什么也没说,只是盯着房顶的树枝。苏娜也在等待。恩津加对这一姿态感到不可思议,她的目光无法从苏娜的脸上移开。当恩津加望着她时,她意识到在她的面前是一个真正的女人。在此之前,她没有注意到从苏娜裸露的胸部冒出的两座山峰。与它们相比,她的不过是温柔的山丘,上面有两只不安分的眼睛,然而苏娜的则更有活力。微小的文身划过山峰之间的狭窄山谷,沿着她平坦的腹部中央,以毫米级的精度延展至精心打造的、涌现出零星小毛发的肚脐。而她的,在她自取其辱的想象中,不过是在苏娜肚脐突出的空地上的一个尴尬的小山丘而已。她的文身不过是一条蜿蜒而沉闷的小路。恩津加稍微高一点,瘦一点,有一张长脸。苏娜的脸则是圆的,与她毛皮裙子里凸起的滋养的臀部相协调。"她很美。"恩津加想。她还记得她们共同的童年:入会仪式上的时光,无等级的、共情的哭声,数不清的热带天空的星辰,食人魔和森林故事的夜晚。事实上,苏娜是唯一一个在童年和青春期都没有过多情绪波动的伙伴。在恩津加的记忆中,没有冲突的画面,没有激烈的场面,没有过激的性格。两人之间的关系都是在主仆关系的正常框架内。儿时的小毛病,童年的偏差,青年的愚蠢,都由苏娜来承担的。恩津加没有逞英雄,而是向她母亲鞠了一躬,但嘴角上带着同谋似的微笑。落在她身上的惩罚都转嫁给了苏娜,而苏娜在言语和恶意的行为中无怨无悔地接受了这些打击。恩津加的谎言就等同于苏娜公开的真相。直到那晚,她才意识到苏娜在她的生命中是多么重要。她一直把她看作是王国里的一个道具。现在,作为一个成年人,她惊讶地意识到,她年轻时从未把焦虑留给自己。她意识到,那些从未分享过的恐惧总是由矜持的苏娜来承担。在她犹豫不决的时刻苏娜挺身而出。苏娜了解她。她,与其他人不同,能读懂恩津加的内心。多年的观察使苏娜能够破译她的行为习惯,脾气秉性,还有她情感的湖泊和她绝望的山崖。然而,恩津加对她的奴隶知之甚少。但在某种程度上,她们彼此又很相像,恩津加想道。和她自己一样,苏娜从来都不是一个开放女人,她不喜欢在风中释放自己的声音,不喜欢在河中交换秘密。她的脚步也没有引起任何的好奇心,她也不热心于将种子拽到自己身边。她知道有一些女奴对外敞开自己,将自己的秘密交给水井,或充当凹室里秘密的信使。苏娜总是远离王室的阴谋诡计,而这种疏离是由于诺丽娜的母系力量所致。在为数不多的几次,有两次,尝试嫁出去苏娜时,她哭着向母亲诺丽娜哭诉,说她宁愿死也不愿与恩津加分开。第一次尝试时,她十六岁,恩津加十四岁。一位来自邻近民族的战士被她那张带着拘谨笑容的脸迷住了,想娶她为妻,但恩津加的眼泪和苏娜无法控制的哭泣使诺丽娜推开了这位追求者。第二次尝试,苏娜作为一个成年女性,在她的亲生父母和母亲诺丽娜之间插话说道,表示她的愿望不是婚姻,而是保护恩津加。她当时十八岁。命运已注定。

"在国王没有举手表示同意的情况下,奴隶是不会进入国王最私密的房间的。你什么都不是,苏娜。"

"我只是想帮忙。"

"我知道。"诺丽娜说。她紧张地来回在空间局促的屋里踱步。小屋对她痛苦的脚步来说已经变得太小了。她想帮帮她的女儿,但却找不到合适的方法。她可以向外、再向外,去寻求国王的帮助。每当这样的画面在她脑海中闪过时,她都会强烈地排斥它。哪里见过一个国王会干预凹室里解决不了的事务?"国王不会插手的。"她想。这事儿只能取决于她,也只有她才能找到解决问题的方法。妇女顾问们对当时的决定没有起到任何作用。而就在这期间,女儿决定从她的遐想中走出来,告诉母亲她和苏娜会解决这个问题。

"如何?"她的母亲问道。

"我们会找到方法的。"

通过这句话,恩津加明确地紧密了她和苏娜两个人之间的关系。从那晚开始,比起她们童年和青少年时期那些可怜的共同秘密,那位保姆兼女仆变得更加亲密。

"我希望你知道如何解决这个问题。"诺丽娜说道。

她的声音有气无力,显示出找不到出路的心灰意冷。将她们两个人都留给白人国王的事情,突显了她在处理凹室事务的不负责任。如果出了什么问题,责备就会落在她的肩上。从那之后,随之而来就是警告、无尽反复的埋怨……没有扭转新婚之夜的遗憾将困扰她一生。当诺丽娜到了健忘的年龄时,她还会带着悲伤扭曲了的灵魂,向她最亲近的人倾诉:新婚凹室里的滋味不属于她的女儿恩津加,而是属于奴隶苏娜。她才是嫁给了白人男子格雷戈迪奥的人。

"实际上我是纳贝兹婚礼上的伴郎。"奇蓬达告诉使库阿查。

"我目睹了整个仪式。而事情发生的当晚,令我惊讶的是,纳贝兹把我叫去。他想了解新娘的恐惧。"

"王室里的人都没听说过此事……"

"确实没有,也没有人知道那里实际发生了什么。我当时还挺自在的,因为我的优势是会说索里语。而尼亚津比里只是抛出了些他的预言,并说这桩婚姻将给纳贝兹带来另一种喜悦。"

"那你肯定负责桥梁沟通的工作……"

"的确如此。"

"之后发生了什么?"

"国王把我叫了过去。他想知道新娘子的担忧。我就逐字翻译了,然后我就离开了。"

"那纳贝兹不惊讶吗?"

"他只是笑了笑。女孩们倒是很惊讶。她们看起来像受惊的羚羊。没有人预料到纳贝兹会有平静和安详的反应。我也很吃惊。但纳贝兹用他猎人的方式对我说:'去休息吧,奇蓬达,我会自己解决这个问题。'他还说:'如果说在蛇类中,雄性会翻滚起来,看谁能接近雌性。那么在这里,我打算让她们翻滚起来……不要担心。'然后,我就离开了……"

"这事儿就这么过去了……"

"诺丽娜母亲倒是很麻烦,她不肯让我走。她的行为几乎引起了人们的怀疑。对于纳贝兹来说,这件事只有我们之间知道。其他任何人都不该知道这事儿。事实上,第二天早上他只告诉了我开荒的愉悦。他强调说,她们是非常妙不可言的女性。而我们没有再谈论这个问题。然而,诺丽娜母亲却希望得到更多的消息。"

"什么消息?"

"她不相信她的女儿。她说这个女孩对她隐瞒了真相。"

"为什么呢?"

"因为纳贝兹的平静。她觉得她的女儿会不幸福。她不惜一切代价想要得到国王纳贝兹的想法。"

"算是一个合理的担忧。"

"但我把她的嘴堵住了。我告诉她,平静是国王为她的女儿和奴隶慷慨送出的礼物,但她仍然心存疑虑,因为这样的情况在她的生活中从未发生过。"

事实上,在新婚之夜诺丽娜一直心神不宁。女儿离开后,她试图拒绝顾问们的陪伴,并告诉她们,她很冷静,她会好好睡一觉。妇女顾问们离开了房子,而她辗转反侧,思绪万千。她很幸运,国王那晚并没有传唤她。如果传唤她的话,他一定会注意到她不自在,而这将与母亲们在女儿新婚之夜的自然喜悦形成鲜明对比。但第二天早上,姆巴达国王还是想知道细节。事实上,索里的王室是有期待的。每个人都想知道黑色内径中白肉的品质到底如何。在这种情况下,谣言迅速传开了。传言说,恩津加已经被肌肉发达的白人变成了稻草、变成了一头大象,在房屋震荡之夜发出了满意的吼声。白人的头发在隆起的乳房上犹如不安分的象鼻,摧毁之力好似愤怒的穿山甲攻击白蚁隆起的土堆。还有人说,白色和黑色的交合之深,以至于在和平与安宁的黑白两色中呈现出快乐的斑马形态,幸福与他们同在。最残忍的看法是,鉴于早晨新婚屋内呈现的不确定的沉默,恩津加就像一些蜘蛛一样:在雄性第一次也是唯一一次提供它们的腹部的行为中被吞噬掉,但在这种情况下是反过来的,是白色的雄性力量违背了自然规律,吞噬了她。

这些难听的评论口口相传。而当苏娜走出卧室的大门时,没有人觉得她曾与国王同床共枕。每个人都认为,在主人起床时分,女奴出现在王室房屋内是很自然的事情。诺丽娜没有让她向那些试图靠近的人打招呼。她把苏娜拉到了她的小屋里。姆巴达国王希望得到些消息。已经上岗的顾问们赶紧在诺丽娜的房子里就位。

"告诉我,苏娜。"

"一切都很顺利,诺丽娜母亲。"

"进展如何?告诉我一切,孩子!"

"白人呢?他做了什么?"顾问们问道。

苏娜的嘴里并没有讲出什么实质性的东西来。几分钟关键、简短、干巴巴的问答过后,诺丽娜不再对他们在晚上做了什么感兴趣。第一夜顺利度过的事实让她感到安心,而顾问们仍然争先恐后地用不好的措辞提出问题。现在最重要的是白人未来的态度,因为这牵扯到她的女儿的未来,母亲总盼望女儿一切都好。在女儿离开之前,这就是她想确认的。然而,当她听说纳贝兹将在第二天早上离开时,她开始感到不安。

当奇蓬达决定通知阿达利亚诺·格雷戈迪奥关于纳贝兹的死讯时,夜幕已笼罩在营地之上,他是纳贝兹与恩津加唯一的儿子。在树枝和树叶搭建的简易小屋内,燃着一个小型篝火。透过森林茂密的树叶仍可以看到天空的乌云,营地的上空也开始飘雨。该地区降雨频繁,短至几分钟,长至几个小时。高大、强壮、明眸、卷发、肤白,阿达利亚诺·格雷戈迪奥酷似其父亲,十七岁已算是个成年男子了。对旅行和语言的狂热,使得当时还是孩童的阿达利亚诺缠着奇蓬达不放。当他第一次进入腹地,并前往宗博和太特的港口时,那时的他才七岁。

"坐吧,阿达利亚诺。"奇蓬达说,指了指用棍子做成的、皮毛覆盖的简易空位。十根棍子与圆锥形的树皮交织在一起,构成了营地住所的骨架。临时庇护所易于搭建和拆除,如果不是像奇蓬达的庇护所那样只为一个人而建的话,一般可容纳一至四人。室内虽不是很宽敞,但很舒适。

"坏消息吗?"

"是的。"他说。奇蓬达拿起了一根棍子,搅动着在火堆中颤抖的燃烧的小木屑。然后,他用缓慢的声音说:"我们必须拔营以争取时间……我刚刚得知,你的父亲,我们的曼波,已经去了……"

"我已经做好了准备。"

"是的,我们都做了。他是个伟人。"

"是的,他是个伟人。"

"没错,他是个伟人。"

他们保持沉默不语。阿达利亚诺的眼中并没有泪水。他不安的目光在他们之间的小空间里游走。他对他的父亲知之甚少,除了一些令人难忘的童年记忆之外:父亲出现在讷达乐①,给孩子们讲关于猎杀大象、制作陷阱、给猎狗服用药物以及不受控制的、愤怒的大象的故事。他很少谈及自己成为猎象人之前的生活;即便他谈及时,也并不是用怀旧的语气。通过奇蓬达,他称得上是一位教导他生活的父亲,阿达利亚诺认识了若昂·安德拉德,他是他父亲的朋友,是塞纳圣马尔萨的书记员、土地和奴隶的所有者,以及由他的儿子们经营的贸易商店的主人。若昂的儿子们频繁地去克利马内寻找内陆货物。由于没有太特镇的奢华,塞纳在阿达利亚诺眼里显得比太特镇更有亲和力,因为这里的湿度与内陆地区非常相似。太特是一个干燥的小镇,极其炎热,甚至都没有为他童年和青年时期遮阳的树叶。人们都匆匆忙忙的,心不在焉。在那干旱的热浪中,只看得到石头和更多的石头,以及山羊、大风和尘土,这一切都令人们感到沮丧。一个由石头和树木组成的村庄在没有树荫的遮蔽下顽强地屹立着。然而,在塞纳的

---

① nedare:音译为讷达乐,意思是专门给长者教育子女的地方。

生活则更加平静,更加温馨。人们更加热情好客。与他同肤色的人看他的眼神并不像太特人对他那般轻蔑。阿达利亚诺也感到宾至如归。若昂·安德拉德先生,为表示友好,给他介绍了整个大家庭,尤其是孙子辈们,他们都是极其好奇的年轻人。也许是安德拉德展示出了与他们父亲给出的不同的羊皮纸,而那些羊皮纸在塞纳的圣马尔萨这片土地上的两个星期里,引起了这些孩子们的好奇心。那里的老者们也展露了欢迎的微笑和尽如人意的回应。象牙的数量和蜡的质量有能力抵御任何敏感问题。他起初遇到的唯一问题就是葡萄牙语。除了在阿达利亚诺的坚持下、而非在其他人的要求下,从使库阿查和奇蓬达那里学到的基础知识外,他对语言掌握得很差。他还指责格雷戈迪奥不屑于在他的土地上普及葡萄牙语的事实。纳贝兹不喜欢用葡萄牙语表达自己。他曾开玩笑地说那是一种在森林里会发出回响的语言,我的肤色足以把动物吓跑,那就让语言仅留在村庄里吧,纳贝兹还会高兴地用腹地的各种语言进行长时间的交谈。

居民的宽容和奇蓬达对于他语言错误的放任,使他从紧张情绪中解脱出来,越来越习惯于自己的错误表达。他很佩服奇蓬达对语言的处理能力。

"语言对我毫无意义,阿达利亚诺。我从未梦到过它。

我关心的是业务。你父亲纳贝兹说,它对处理我们的内部事务没有什么价值。它只在那些水有盐味的地方才重要。"

"但我想掌握这门语言,奇蓬达。"

"它对你没有任何用处。"

"白人要来了。"

"他们将从我们这里学到更多。"

"可我们也从他们那学习啊。"

"你父亲总是跟我们说要提防白人。他们很贪婪。今天是象牙,明天是土地,要远离他们。"

他俩缄默不语,事情总是这样。奇蓬达的说教从无到有,从简单的谈话、闲聊开始,然后突然结束。它们就像河里的急流。突然间,水面泛起涟漪,激起浪花,在连续剧烈的翻滚中,陡然下落。随后,在平稳的河床上,水面又恢复了平静。生活也恢复了正常,而那些说教却留在了灵魂的深处。奇蓬达为人和善且富有商业智慧。土著首领们都认识他。他们虽然在他背后嘀咕说,与奇蓬达交流对他们不利,但当他们面对面时,却无法反驳这位姆桑巴德兹提出的观点。奇蓬达的笑容如此迷人,以至于他们在笑声和拥抱中完成了交易。据说,在他与纳贝兹结缘之前,他曾从加林那家族那里学到了一些商业礼仪,但那是另外一个故事了。"只要我还活着,我就会告诉你。"奇蓬达对阿达利亚诺说道,脸上挂着永恒的微笑。

由于地处偏远,塞纳不算是常走的贸易路线。贸易通常是在太特或宗博地区进行的。但是纳贝兹以更有竞争力的价格为借口,将奇蓬达送到了塞纳镇。"我的朋友若昂·安德拉德在那里。他将像亲人一样接待你,他会毫无保留地告诉你所有的秘密。"纳贝兹对奇蓬达说道。

奇蓬达带着一百多人的商队上路了,满载着巨大的象牙尖、最好的库都斯的肉干和高质量的蜡。当时七十岁左右的老安德拉德欢喜地恢复了活力。他是一个严谨、一丝不苟的人。生活迫使他坐下来从事书记员的艰苦工作,整齐地写出应该出现在官方记录本上的字母。他的背部已经弯曲,不得不依靠拐杖来行走,但实际上,他几乎没有离开过商店。早上和下午,他都会坐在摇椅上,沉思着看着街道和为数不多的路人,更多的时候是和其他的退休员工聊天。安德拉德不怎么喜欢耕作,但他不时地回到自己的土地上。他的孩子们照看着这些财产。这片土地由于废弃无主而被重新占据,曾于1744年12月10日由印度总督卡斯特尔诺沃侯爵租给了乌苏拉·德·斯·帕约夫人,她的第三代没有继承人,也没法儿来收取这块土地带来的财富。土地长十英里,宽六英里,种植了玉米、御谷、豆子、烟草、棉花、大米,还产木材和树蜡。在一份未更新的登记簿中,安德拉德列出:负责日常生活的共四十九个大小奴隶,六十三个大小黑人妇女。后厨有一个黑人厨师和他的学徒;两个女学厨和三个甜点师,五个黑人面包师,两个黑人木匠以及他们的两个黑人面包师。他拥有的土地名为蒙加,产玉米和小米。玉米每年三百阿尔奎尔[①],小米有六十阿尔奎尔。还有一些芒果树、梨树和腰果树。在这片土地上,五个奴隶定居点里共有男女一百五十个奴隶;除此之外,还有更多自由黑人的定居点,以及生活在一起的他们的配偶和家人,人数不确切,但数目庞大。土地上有五十头牛和一百头牛犊,还有四座土坯房,其中两座用瓦片覆盖,另一座用稻草覆盖。在这些记录之后,在这片土地上还建立起了木薯和甘蔗工厂,还有铁匠、石匠和金匠为其服务。许多在内陆交易的珠宝都产自这里。

"所以,这位是格雷戈迪奥的儿子?"安德拉德在他们第一次接触时问奇蓬达。

"是的……这是他其中的一个儿子。"

---

① alqueire:音译为阿尔奎尔,意思是一种葡萄牙曾经使用的衡量生产能力和衡量生产用地面积的单位,随着时间的变化,阿尔奎尔对应的体积也从开始的 3.4 升到 19.3 升不等变化着。

"他一定会和我一样有很多儿子……你会说葡萄牙语吗,年轻人?"

"会一点。"阿达利亚诺回答说。他有点不好意思,因为他还达不到这位老人和其他人掌握葡语的水平,但他已经开始喜欢上这个环境了。他所遇到的混血儿并不像来自太特的人们那样华而不实,而这里的人们渴望知道内陆深处的消息:想象中的战争,不存在的食人族。他们是与阿达利亚诺同龄的年轻人,是若昂·安德拉德的孙子们。城镇和庄园的生活给他们带去的只是传教士学校灌输给他们的基础知识,还有转瞬即逝的娱乐性狩猎。然而,更强烈的是激起了阿达利亚诺前往克利马内的梦想和与黑人和混血儿妇女缠绵的欲望。这些想法无论是在数量上还是在质量上都有所增加。

老安德拉德被他带来的财富消息所鼓舞,几周来,他的生活习惯都因此改变了。他开始频繁地在镇上的主街游走;他把更多的日日夜夜奉献给离村子只有一个上午或半个下午路程远的地方,并向被时间磨掉的记忆敞开了心扉。在奇蓬达和阿达利亚诺·格雷戈迪奥访问的几个月后,他在不知不觉中、在睡梦中离世了。

"安东尼奥他不会知道父亲离世的消息。"阿达利亚诺对奇蓬达说。

"这不会影响他。"

这是一个事实,纳贝兹在得知与塞纳已故的路易莎有一个儿子时,他一直想要儿子到他的土地上生活,并在奇蓬达第二次以及最后一次去塞纳镇时,让奇蓬达发出邀请。但是安东尼奥拒绝与他的父亲和其他来自腹地的黑人一起生活。

"我不是为了生活在阿林加而出生的。"他用感性的语气说完,"父亲是王室的逃亡者。我是葡萄牙人。"

听到这些奇怪的话,奇蓬达和阿达利亚诺没有花心思去理解什么是王室,什么是逃亡者,更不了解什么是葡萄牙人。他们继续做自己的事,最后只简单地例行告别。他们再也没有交集。安东尼奥将在克利马内作为一个简单而不起眼的海关官员结束他的日子。他认为他的混血肤色在这个城市里会有很大的价值。因为在城里,越来越多的混血人种建立了自己的大家庭,丰富了城市生活,上演了许多与富有声望的混血女士们相关的故事。但是,作为来自内陆的混血儿和没有贵族姓氏的事实,使安东尼奥·埃斯克里旺身处于一个微妙的公民的地位。安东尼奥与一位来自钦德内陆村庄的混血妇女结婚。他和她以及他们的六个后代一起平静地生活。一个有六个孩子的后代将背弃混血儿的、区别于黑人的种族的高贵条件,他们不屑于使用令人厌恶的绰号,如:若昂·无·希望,或弗朗西斯科·抓·狗屎①。埃斯克里旺的姓氏替代了在赞比西亚高地快乐地死去的无名氏格雷戈迪奥的姓氏。

在庞大的后代中,彼此之间的情感关系是非常脆弱的,当兄弟们在不同的世界中成长时,这种关系往往会变得更加不稳定。阿达利亚诺很欣赏安东尼奥的葡萄牙语知识和他对城市的态度。他很难不被那久坐不动的生活所桎梏;被那种充满了规则、手势以及整理衣衫和头发的方式所同化。多年以后,阿达利亚诺把他说成是一个没有性格的人,是一个没有活力的人。无趣乏味。他说道:"他总是穿着那些熨烫好的衣服,这家伙没有任何意思。他就像水一样:你无法抓住它。一个没有味道的人……"这段转瞬即逝的关系中留下的另一个记忆是一本平淡无奇的年鉴;那是他整个生存过程中以新人的热情投入的年鉴,像初学者一样拼读着字母和短语。如果不是若昂·德·安德拉德为怀念他命运多舛的父亲为他起了个安东尼奥这个名字,还有埃斯克里旺(书记员)这个姓的话,这位兄弟的日常故事在他这里则不会留下任何痕迹。安德拉德

---

① João Sem Vontade 和 Francisco Pega Merda,这两个姓名中的 sem vontade 和 pega merda 作为姓氏,具有极其贬义贬损的意义。

暗暗希望这个孩子在城里长大,学好算术规则,好让教师高兴。大多数时候,教师们只会因为自己的孩子不写作和不做文字工作而感到悲哀。

这一切都始于他两岁的时候,若昂·德·安德拉德当着这个除了不知名的父亲之外没有其他血统的孤儿的面,帮助为他登记入户,并把他送到教区学校。他在那里学习并擅长计数和抄写。安东尼奥没有自己的朋友。安德拉德的孩子们虽对他很亲切,但也很有距离感,部分原因是他的性格拘谨和阴郁。他与他的同事们也保持距离。他往往紧紧跟着安德拉德,为塞纳政府的琐事扮演打杂者。在奇蓬达第一次访问时,他是一个辅助书记员,因为他的种族不允许他获得较高职位。但在日常工作中,拟定契约和其他文字工作都由他负责,因为任命的公证人更关心他自己的土地而不是公共契约。

安德拉德介绍安东尼奥和阿达利亚诺认识的那天早上,安东尼奥正全神贯注地看着行政部门办公室里的那堆结算书。这个男人用拇指和食指夹着一支笔尖,在横线上排列写着一个个字母。这栋房子有三个房间,是一栋砖头建筑,上面盖着瓦片。这座建筑规模不大,离前行政当局总督和塞纳河流域将军曾经居住过的大房子只有几步之遥。那大房子现在已经破旧不堪,住的都是些军人和低级官员,因为高层们都住在太特,自 1767 年起,由巴尔塔扎尔·佩雷拉·多·拉戈中将负责赞比西河谷的行政责任。

安东尼奥像他父亲一样强壮,他的眼睛像乌鸦一样明亮而坚定,而当他专注的目光定格在一个人身上时,人们会感到这个人仿佛身处另一个空间,因为他的眼睛里缺少好奇的光辉。他的卷发被抹上了发亮的东西,紧贴头皮。他坐在那里,全神贯注在他所写的字母上,没有人会想到他比该地区的普通居民要高。他的话语很少,但却很坚定。因为在潮湿和高温下,他能用密密麻麻的文字填满那些大块的纸张,可想而知,他的耐心堪比一只在山上缓行的蜗牛。多年以后,当阿达利亚诺想起他哥哥在安德拉德面前的殷勤和顺从的样子时,这些都是他所回忆起的。但那天早上,当阿达利亚诺看到他从椅子上匆匆粘连着椅子起身时,他的脑海中只有父亲的形象。他们在体格上极其相似,但在姿势上却不同。他在哥哥身上感受到了一种虫子在消化时的静止状态,那是他父亲那样一位成功猎人的宽大体态和激昂姿态中所没有的。

安德拉德转向阿达里亚诺,与他说话。此时,他看着他的兄弟,没有一丝惊讶的意思。"这就证明你父亲还活着,正活在这个人的身体里。"在阿达利亚诺非常喜欢的番石榴的味道下,两人默默地拥抱在了一起。他坚持把番石榴和仍然很小的绿芒果一起带在身上,以向那些来自腹地的人展示,在低地生长着其他不知名的水果,而且味道很不错。

阳光早已驱走了笼罩在塞纳晨间的薄雾,当时兄弟俩只说了一句简单的"很高兴认识你",然后习惯性地笑了一下。他注意到安东尼奥少了一颗隐藏在他那不完整的笑容中犬齿。赞比西河像往常一样,平静地流向海岸。

"我们扎营吧。"奇蓬达说,打破了盘旋在临时庇护所里的几分钟的沉默。

"我们走吧,再争取一些时间。"阿达利亚诺回答说道。他仍然坐在木棍搭起的简易床上,目光紧紧盯着堆积成圆锥形木棍中心的木屑上的火焰。

"他到底能不能做到,奇蓬达?"

"什么?"

"他能做到吗?"

"啊!……我不知道,阿达利亚诺。"

"但是,你才是带去疗愈师的那个人。"

"这并不意味着什么。也有一些人试图死后长存,但他们没有做到。不是任何灵魂都能进入姆邦多罗神灵世界的。仅仅成为一个国王还是不够的。你必须要有国王的精神。"

"他有的。"

"是的,他有一个国王的灵力。"

奇蓬达的目光回到了曾经的夜空。画面接二连三地涌现出来。几十个、几百上千的阿奇昆达人为了逃避饥饿和驱逐,以及莫诺莫塔帕和安古尼斯王国的蹂躏向纳贝兹缴械投降。多年来,安古尼斯人在山谷中移上移下的,逐渐转移到了赞比西河南北的普拉佐。

普拉佐是葡萄牙人在十六和十七世纪创立的一种三世的土地租赁制。然而,由于震动山谷的巨大动乱而逐渐消失。方格拉,一个年轻的阿奇昆达,他到达纳贝兹的土地时曾说,他从奴隶制和饥饿中逃了出来。他曾为流亡在克利马内的白人阿尔贝托·拉塞尔达服务。那白人拥有超过两天路程的宽大土地,覆盖了十个村庄,三百多名男男女女的定居者,他们都致力于耕种土地。那片土地上生产玉米、小米、木薯,还种有各种豆类。果园里的水果繁多,有橘子、酸橙、柠檬、香蕉等,还有些复杂难记的名字,但生产出的好果子让每个人都能填饱肚子,给普拉佐之地带去了欢乐。阿奇昆达人在侵入内地寻找猎取象牙时,可以食用并随身携带大量的肉干,但阿尔贝托·拉塞尔达的儿子,混血儿蒂莫特·拉塞尔达的贪婪给该地区带去了灭顶之灾。在整个山谷中,普拉佐的主人已放弃象牙贸易,他们认为奴隶在商业贸易中更有利可图。而且需求如此之大,以至于普拉佐的主人竟打起了他们自己奴隶的主意。蒂莫西开始夷平村庄,迫害生活在他父亲土地边界上的自由黑人。农业开始衰落,果园里生长着大量的野草,它们成了瞪羚、猴子和兔子的牧场,水果也因无人问津而荒芜和干枯。而我们,阿奇昆达人,天生的战士,也打破了与阿尔贝托·拉塞尔——蒂莫特的父亲的关系。

方格拉说,从我们祖父母的时代起,打破米泰特——与领土主的协议——已经是一种常态。这样的话,如果新主人的布匹或物品被撕裂或破损,新主人就不再有权利出售人们。他和他的家人将永远与租赁地联系在一起。对我们来说,这是一个荣誉的问题。我们很高兴能为我们的主人服务。我们要对他的安全、猎象活动和对领土的安全负责。我们有武器。我们都是自由的奴隶。但蒂莫特和其他来自山谷的领土主变得贪婪无比,强迫我们逮捕住在村里的人们。我们知道迟早人们会变成自己的阿奇昆达。不安全感被封锁在山谷之中。他们自己也感觉到了需要反抗。于是,村庄被集体抛弃了。田间地头再也听不到耕作的黑人的歌声了。害怕加入海岸溃败的奴隶队伍的阿奇昆达人开始了逃亡。饥饿袭来,到处都是患病的妇女、男人和儿童。然而,通往内陆地区的道路已经敞开了。

许多人决定回到未知的祖先的土地上。他们要在自己不了解的地区寻找根基。事实上,阿奇昆达人的过去和现在都是在租赁地上度过的。他们是主人们的自由奴隶。他们没有自己的故乡。那些去往内地王国的阿奇昆大人会被当作外国人接待,并且要时刻遵循当地的规则,不得不顺服。这些对他们来说都是陌生的做法。那些聚集在木斯图——由逃跑的奴隶居住的、远离贸易路线的坚固村庄——的人们很快就厌倦了他们所过的平静生活。他们想要行动。这就是为什么许多人把自己交给了出生在山谷中的新主人。

"你的父亲,阿达利亚诺,"奇蓬达说,"从长久的沉默中走了出来,为许多人创造了一个又一个的家。要不是纳贝兹给我们土地,我们是不会拥有土地的。我们为祖先而种的树木就在这里。我们的记忆就储存在这片土地的每一个角落,纳贝兹把这些地方标记为他和我们共有的。他是我们存在的象征,所以根基不会死。"

"一个非常白的根基。"

"我们从来没有这种感觉。当他与你的第一个母亲恩福卡订婚时,他就对当地的神灵并不陌生。我们也欣然接受了安斯康加人对雨水的崇拜。当时,我们还没有土地,也没有我们自己的树、我们的万神殿。我们依靠的是安斯康加求雨的召唤者。后来,我们才开始引进了自己的树木。从尼翁古克的土地上来了我们的思维奇逻①灵媒们。我们这才开始呼唤我们的神灵,我们民族的姆子姆。我们现在缺少的是那种伟大的神灵,也就是姆邦多罗。如果纳贝兹变成姆邦多罗的话,土地、果实和人民的统治权将永远在我们中间建立。我们的儿孙们、曾孙们,无论在幸福与不幸时,都能祈求纳贝兹保佑。这片土地一定是我们的。"

"而且毫无疑问是自由的。"

"是的……对我们这些不同出身的男性阿奇昆达人来说,重要的是要有一种保护我们的领土神灵。"

"我也希望如此,奇蓬达。"

"是的……他会做到的。"

"使库阿查并不认同这种信仰。"

"使库阿查有他自己的上帝。"

"但我们听不到上帝的声音。"

"他的话都在书中。我们有那些附在肉身的思维奇逻们的声音。"

"我们必须等待。"

---

① swequiro:音译为思维奇逻,意思是代表姆邦多罗的灵媒。

"是的。我们拭目以待。"

夜幕已经笼罩了森林、山谷和平原,奇蓬达他们还得穿过此地区才能到达王国。他们从熟悉的索里人的土地上,用布珠、武器和火药换取象牙和蜡。然而,与索里人和内地其他民族的贸易不再像以前那样有利可图。现在,在所有的角落,都还有其他的商人和猎人带着武装人员,不仅在寻找赞比西河下游和奇尔河谷一带很稀缺的象牙,而且还在寻找奴隶。频繁的谋杀性伏击破坏了本应公平的友好贸易。贪婪的气味越来越重。奇蓬达在穿越腹地时,姆桑巴德兹已经被打败。但是,为了以防万一,奇蓬达与五十多名阿奇昆达人和其配备的八十多名搬运工组成了一支强大的护卫队。虽然他在手下的陪同下感到安全,但他对未来却仍抱有悲观的看法。随着时间的推移,不稳定的迹象随着日子的推移变得越来越明显。猎人们想要奴隶,并且不断挑起争端。暴力成了猎人和商人与外邦人打交道的语言。"外邦人"这个词很对传教士的胃口,他们用它来替代"异教徒"这个陈旧而烦琐的词。

奇蓬达见证了,在反抗之中,出现了很多伟大的军人。例如用当地话一个叫卡尼姆巴的凶猛之人。他的葡萄牙名字是何塞·罗萨里奥·德·安德拉德。与赞比西河谷和邻近地区的许多混血儿不同,那些混血儿的父亲一般与葡萄牙和果阿有关，母亲则是女奴或内侍。在某些情况下，也是当地酋长谈判婚姻的结果。卡尼姆巴是果阿妇女玛丽亚和坦德酋长乔夫姆博的奇怪关系所生。在父亲的家族里长大的卡尼姆巴并没有放弃他的葡萄牙名字和与居住在太特的家人的联系。

他的父亲是一位备受赞誉的战士，曾多次与赞比西河南岸的科雷科雷和汤加王国交战，他从小就追随父亲的脚步，继承父亲的事业，成年后的他拒绝放弃葡萄牙语名字。随着他的兄弟钦洪堡被任命为坦德国王，卡尼姆巴和他的支持者选择了流浪。卡尼姆巴是一个肤色黝黑、眼睛明亮的人。在一些葡萄牙人看来，他是一个混血叛徒。但他作为一个伟大的猎人和成功的商人，又使许多葡萄牙人对他大加赞赏。在白人商人中，经常听说他们崇拜的不是卡尼姆巴，而是他手中的象牙。他的象牙是该地区最好的。因着各种原因，他最终搬到了太特以北的地区，并建立了一个国家，再后来控制了周边的宗博地区。这一结果主要是因为大象的缺乏，而不是他对自己受到的待遇感到隐隐作痛。

纳贝兹已经死了。如果他还活着，他不会相信这个奇怪的混血儿会派他的人去投喂那些时不时在他领地上空盘旋的秃鹫。那些奴隶都是他下令杀死的。除了这些习惯外,他还不尊重当地的习俗——即在其他主人的地区宰杀大象时,不把碰触地面的第一颗牙齿交给此地地主。奴隶们成了他和其他新兴军阀追捧的商品。弗雷德里克·斯库鲁斯是一名英国商人,他在十九世纪下半叶游历了赞比西河上游时,目睹了卡尼姆巴的行为。弗雷德里克为后人留下了卡尼姆巴手下在突袭内陆王国时对待奴隶的详细情节:"我忘了解释,当俘获相当数量的奴隶时,他们是如何在夜间将奴隶捆绑起来的。这些粗大的树干上被凿出直径为二十至三十厘米的孔洞,男人或女人的脚可以刚好穿过这些孔;然后在孔中打上木桩,木桩穿过插入双脚的孔洞,只留下脚踝的空间,使奴隶无法抽出双脚。这样,每个树干上都有五六个奴隶被牢牢地固定着。白天,他们赶路时,脖子上还环绕着木棍制作的带刺项圈。"从留存下来的文字中可以推断,塞洛斯是一个感情很丰富的人。此外,他的祖国,在上述记录中还未凸显的问题,已经在废除奴隶贸易中承担了执行者的角色。他还记录着:"第一件伤害了我作为英国人感情的事情是,第二天早上看到在上次突袭中刚刚抓获的十名巴通加妇女被锁在一起。每个人的脖子上都有一个铁环,她们被一条大约一米五的链子隔开;有些是背着小婴儿的母亲,有些是未婚的女孩。我在这里的时候,他们从来没有给她们松过绑。每天早上他们都乘独木舟把她们带到南岸,排成一排,锁在一起。她们一整天都在玉米地里锄地。"

南岸的科雷科雷、马祖鲁鲁、巴通加王国和北岸的索里、安斯康加、拉拉斯、伦杰斯和比萨斯王国不再和谐共处。当听到卡尼姆巴的名字时,人们被吓得目瞪口呆。他们带着微薄的财产逃到除了无主的森林以外的任何地方去避难。武装人员到处抢劫、放火焚烧谷仓,荒凉遍布村庄和田野。笼罩着民众的恐惧一直延续到那个表情神秘且冷酷之人的死亡。但令那些在卡尼姆巴死亡后幸存下来的人惊讶的是,他们意识到这个在整个赞比西亚高地散布恐怖和无政府状态的人的灵魂已经转化为姆邦多罗。人们普遍感到惊奇,因为许多人预计卡尼姆巴的灵魂会转世成一个黑色的尼古兹[①]。一般尼古兹往往都是那些在生前将自己的王国变成野蛮巢穴的宗主。但他们忘了,卡尼姆巴是阿奇昆达人几乎唯一的国王和领主。这些人对他怀有崇高的敬意,并誓死对他效忠。他手下的人并不是在用武器和恐怖吞并土地和扩张边界时单纯被制服了的仆人和奴隶。对他的手下而言,即那支阿奇昆达的军队来说,卡尼姆巴的行为是他为加强国家领土而不得不进行的

---

① 恶灵:音译为尼古兹,意思是恶灵。

活动的自然结果。那里有超过一万名武装人员,他们纪律严明,分布在石堡突出的四个角落。他们的活动是掠夺和奴役那些对因人口减少极为不满的社区。但这种误解,这种认为卡尼姆巴的神灵将成为一个尼古兹的信念,是基于他死亡的方式。

看到的人们说,在一个宁静而晴朗的下午,警告伴随着闪电而来,一下子击中了他,使他从腰部到脚部都变成了残疾。对许多人来说,这是一个明显的预示,表明以后的道路将是十分曲折的。对于其他人,即保护他的战士来说,这是一个预警,即死亡即将来临。他将以那些超越坟墓以外地区的刚死之人的状态逐渐步入死亡。几天后,在痛苦的折磨中,卡尼姆巴在集体被屠杀的猪群叫声中死去。对他身边的人来说,这些哼唧哼唧声是最后的驱魔,是灵魂的升华,是精神的净化。几个月以来,在王室疗愈师的长期警戒下,人们等待着国王化身转世的迹象。许多人怀疑将回到土地上的神灵属性:可能是尼古兹,那个游荡的邪恶灵魂,永恒地、疯狂地带来不祥的预兆,人们永远无法享受宁静;可能是姆邦多罗,那个在划分明确的空间里保护人们的那个神灵。

一个外表正常的男孩开始被灵体附身。这个男孩大约十二岁,非常瘦弱。他引起了老人们的注意,因为他在被附身时，他能像成年人一样用当地人的语言表达自己。在疗愈师面前，他们听到了何塞·罗萨里奥·德·安德拉德的声音。卡尼姆巴在自然的死亡法则中幸存了下来。他不是折磨人们可怖的尼古兹，不是非洲悲哀夜晚的游魂，不是打开无辜之门的恶灵。他的声音、他的灵魂会保护成千上万的阿奇昆达人的精神生活，他们以无私奉献的精神服务于他。在整个十九世纪后半叶，他以独裁者的魅力在赞比西河上游人民的生活中留下了痕迹。

这个名叫阿利马桑的男孩，直到他年老时去世，一直都是卡尼姆巴神灵在世间的庇护所。然后，仿佛是为了证明它的不朽，神灵又转世到了带着微笑的乔吉娜的美丽身体里，这个女人将在不可估量的姆邦多罗神灵的带领下，领导整个国家，直至国家独立时才死去。但卡尼姆巴的神灵仍将引导其人民走向和平和奇巴鲁①的道路，并与他们一起经历痛苦的卡博拉·巴萨大坝的建设。在那个地方，成百上千的领土战士的后代在清晨和午后，在无保护的工作中死去。他们大多都是被陡峭山坡上掉下来的石头砸死的。他们以捕姆本德鱼为生。这种鱼的味道很好，晒干后被称为奇科亚，因为奇科亚也是外国人享受丰富的旅游

---

① chibalo：音译为奇巴鲁，意思是强迫性劳动。

餐时,赞不绝口的姆本德鱼的原产地。

时代不同了,武器不再是记忆中的古古大,因为军火工业把麦斯理从记忆的地图上抹去了,更没有留下什么给已经成为农民或者歧视链底层的行政雇员的孙子们和曾孙子们。那些唱着姆邦多罗从未想象过的领土独立歌曲的人们,很快就拒绝了祖先的价值观、背离了整个家族,并开始支持农民和无产阶级统一合理诉求。因为过去他们只是基于自由主义的斗争,从未预料到阿奇昆达们的出现和对赞比西河谷的生活和节奏的改变。

然而,深受动荡不安的现状伤害的奇蓬达的叙述只预见到了最普通的细节,并非所发生的这样或那样的全部情节,而那些则不会在时代演变的轮廓中被想象。死亡会在他年迈时临近,那时的他虽记忆有些缺失,却仍能够讲述:他唯一和伟大的主人纳贝兹的事迹。在死神拥抱他之前,他将怀着沉重的悲痛看着他的王国被私生子马塔昆哈瓦解。马塔昆哈拥有一支超过五千人的阿奇昆达军队,他们将用比自制的戈戈德拉更现代的武器围攻这个地区。

夜色混入纳贝兹阿林加里的鼓声之中。树梢之外听不到通常末日啊啾声,因为鼓声已淹没了大自然的奏鸣曲,敲击出了哀伤的节奏。太阳消失在黑夜的坟墓之中。妇女们完全没有注意到,她们通常在傍晚时分都围着日用品打转。篝火沿着露台燃起,数百名男子在那里围成二十至三十人的圈子,喝着用树根制成的多布艾饮料和野生水果制成的白兰地古瑟斯,它们使这些不厌其烦地谈论着已故的纳贝兹的人们充满活力,他们在笑声中讲述宗主亦真亦假的事迹。比如,他们听说,在赞比西河支流之一的卢安瓜河谷一带,纳贝兹亲历了他的三个猎人掉进专为大象设计的陷阱中,并被尖棍子不小心刺死的情景。对于有经验的猎人来说,这种失误是不允许的。乍一看是由于他们被大象在陷阱边缘的嚎叫声吓到了。但事实证明,这种不正常的情况与不遵守姆克胡①有关。谁违反了禁忌,谁的猎物就会在眼边溜走,或者面临被大象追杀的危险。他们都知道如果违反了禁令,就会被大象追赶,因为大象有一种不寻常的嗅觉天赋,能察觉到血肉中浸染的性气味。而这些气味,正如猎人所说,让在交配季节已经很难控制自己的大象们陶醉。

另一方面,由于阿奇昆达们知道在丛林中度过的时间

---

① mukho:音译为姆克胡,意思是禁止在狩猎前的晚上与妻子或妾室发生性关系。

通常超过两个星期,他们将禁欲范围扩大至在家里等待他们归来的妇女身上。为了使其保持忠贞,阿奇昆达们强加给她们利甘科①。为此,这些人杀死毒蛇,从中提取胰腺,并将其晒干和研磨。在狩猎前夕,在不被人发现的情况下,将粉末仔细称重后与妇女的食物混合。如果她一旦发生性交,男人就会死去。而在狩猎中的丈夫也会感受到疼痛,甚至发烧。这些迹象都预示着发生了通奸。

由于害怕被嘲笑和排斥,许多妇女都自杀了。还有一些人,比如坎巴穆拉的一个手下男人的妻子莱卡。坎巴穆拉负责管理猎人,在当地他被称为内古巴卢梅。妇女们宁愿去赞比西河支流的沼泽地,也不愿意自杀后尸体被秃鹫侮辱般啃噬。作为一种威慑,他们会把通奸妇女的头发剃得像寡妇一样。但为了把她们与那些死了丈夫的真正寡妇区分出来,她们的脖子上还需戴着当羞愧而低头时,频繁叮当作响的颈圈。许多男人更愿把他们犯通奸的妻子作为家奴送到同样会受到排斥的其他地区。但总的来说,在纳贝兹的一生中,很少看得到有如此不道德的事件发生。

隐居的、了解自我命运的、清楚自我秘密的、拥有浮夸

---

① likankho:音译为利甘科,意思是确保妇女的忠诚度的程序。

马卡如①——装饰在脸上、肚子上和大腿上的独特文身——的阿奇昆达妇女与许多武装或非武装王国的妇女不同。她们知道如何在自己的圈子里,以蜗牛的速度一点点索取空间。姆普卢卡——一名擅长捕杀大象的猎人——的第三任妻子莱卡是姆普卢卡没有实力应对、融入阿奇昆达一夫多妻制的叛逆者。据说,那个身材矮小、体态丰满,上颚的牙齿在圆润的下巴上微微前倾女孩的一切傲慢,都是因为她是一个缺乏土地和人民的国王的女儿,奴隶制使其人民分散在各地,逐渐在其他地方形成了自己的文化。他们还说,与这个女人的魅力形成鲜明对比,姆普鲁卡在其他女孩身上几乎找不到什么吸引力。但当她拒绝给自己的身体文身,姆普鲁卡就不再关注这个女孩了。又有人在喝了两口古瑟斯后对另一个人说,她从来都不是一个阿奇昆达的女人。阿奇昆达的女人对她们天生的战士、森林和草原上无与伦比的猎人男子们非常忠心。另一个人又说,她肯定在其他妇女中抬不起头。她不再属于阿奇昆达人的世界,另一位补充说道,通奸不是为我们准备的。是的,确实如此。谁敢挑战利甘科?只有那些大意的人和不了解情况的年轻人,大家几乎异口同声地

---

① macajú:音译为马卡如,意思是脸上、肚子上和大腿上的独特纹身。

回答。

"是的,但不要忘了,利甘科是因通奸而产生的。在曾经的时代,那些被送到我们身边的女奴,放纵不羁,还讨价还价。每次我们数周的狩猎时间里,妇女们将我们的阿林加变成了羞耻和肮脏的巢穴。"

这些断断续续的话是来自一个权威的声音,一个留着白胡子的成年男子,一位年老的圣者,在当地被称为泰桑库洛——一种保留给男性长者的说法。他们被赋予了唤起阿奇昆达人应有的尊严的权利。泰桑库洛代表着记忆,是世代积累的知识载体。

"这是真的。"泰桑库洛周围的人点头说着。

老圣人继续说,"更真实的情况是:那些不了解原委、尚未磨好牙齿的年轻阿奇昆达人,也开始意识到通奸的危险性。一个真正的阿奇昆达人不会背叛他的同伴。他们在森林中一起猎杀大象、面对奸诈的豹子、毒蛇、水牛。不,利甘科,是勇士,是对家庭、对我们完整性的捍卫。不要告诉任何人关于利甘科的存在……这总是外国人从我们这里收到的第一个警告……禁止与阿奇昆达的女人通奸。凡犯法的人……"

"死。"

"这是战士们的法则。"

"这是真的。"

"我们喝酒吧。"

他们恢复了小范围的交谈。无关紧要的交谈说说停停,觥筹交错。大家的眼睛红红的,酒精迷乱了目光。火里燃烧释放出来的黑烟把他们眼睛熏得肿胀。年长的人要求那些地位低的人放低声音,好让自己懒洋洋地入睡。他们不经意地把头靠在木头上,或在垫子上伸个懒腰。他们几乎懒得纠结或解读头上的天体,那些在星空里排列有序的星座。他们认为黑夜不是他们的领域,而是那些以各种形式出现的灵魂的领地。那些灵魂完全自由地四处游荡、制定规则,不受活人无礼的影响。而活人则在睡眠中和奇怪的梦中完成如此奇怪的躲避任务,以至于许多时候,当人们醒来时,可能会感到诧异,因为他们身体不适,生病了。

在遥远的地方,在半睡半醒的鼓声之外,是大房子里躺着的纳贝兹。在远处,蜂蜡蜡烛攒动着的小火苗,从木制烛台上升起。这个庄严的住宅就像一艘停泊在森林迷失而静止水域中的大帆船。在那里,好似有不均匀的笔触勾勒的船头和船舷,藤萝和巨大树叶从中浮现,昆虫在摇曳的火焰上盘旋,干扰着穿着孝服背包的男男女女。在房子里的各个房间都可以听到窃窃的私语声,类似于啮齿动物在森林地面上的绿树叶、树枝和树干上发出的咕哝声，以及老鼠嘈杂的交配声。雌性一般在高潮后不会放开雄性的生殖器官，为了获得满足，让雄性在持续十五到二十分钟的时间里深陷其中。雌性和雄性粘连在一起，不断地旋转着脑袋。树叶的碰撞声、树枝的滚动声和蟋蟀的叫声，这些声音都被老鼠理解为赞美，但却是对雌性的引诱。夜蝴蝶在这对老鼠周围飞来飞去，画出越来越多的、暂时被充满黑夜的萤火虫照亮了的同心圆。

靠在大房子宽阔阳台的护栏上，恩福卡，作为纳贝兹的遗孀，有幸在夜里独处片刻。格雷戈迪奥，她称这个男人为她的生命。她的目光投向萤火虫，对时间、鼓声和蝴蝶一无所知。她展开的记忆轻描淡写地回顾了她结婚初期的日子。当时格雷戈迪奥忙于扩大和组织他所控制的土地，很长时间都离家远游，让恩福卡自己度过孕期。在连续几年的生产中，她生下了长子，即王位自然的继承人莱法索；路易莎，一个被宠坏的、被保护的、眼睛闪闪发光的女孩。恩福卡多年后才在奇蓬达和纳贝兹不经意间的谈话中得知，路易莎这个名字是来自格雷戈迪奥在圣马尔萨要塞当兵时结识的那个女人。塞琼加，沉迷于打猎和深入腹地的各种冒险。伊格纳西奥，一个不喜欢恶作剧、不喜欢打猎和什么都需要仪式的年轻人，也是一个想与白人共同生活的梦想家。因此,在伊格纳西奥的坚持下,纳贝兹把他送到太特。在那里学习书写和葡萄牙语的基本知识。阿达利亚诺,伊格纳西奥的半个兄长,他也非常热衷于和使库阿查一起学习葡萄牙语,对于父亲选择将伊格纳西奥送到太特时,他并不感到不安,因为他知道纳贝兹已经打破了他自己一直捍卫着的规则,即他的孩子长大后必须在森林中学习奔跑。在讷达乐——阿林加中为孩子保留的学习空间,以及在古外罗——举行成年仪式的地方学习是阿奇昆达人的方式。纳贝兹为了避免孩子们之间的误解,赶紧解释说是伊格纳西奥让他不高兴了,他带着白色的血统,却攥着蔑视和奴役的武器。他们不再为伊格纳西奥担心。他好似合奏中的一个游离片段。没有人再去关心那个幼年时就向往太特方向的八岁或十岁的男孩。他们忘记了他。或者说他们试图忘记他。但恩福卡一直把他放在心上,因为他是最小的儿子,而且由于他在童年学习狩猎技术时表现出的笨拙,他更加无助,软弱,毫无灵性。当他来到太特时,他的野心变得越来越大。在学习了基础知识后,他开始前往克利马内克。多年后,也就是他的父亲去世、王国也解体之后,由于他在处理语言方面表现出的技巧和在外国土地上展现的温和处理方式,使他成功与卡佩罗和伊文思结盟。他们是伟大的葡萄牙探险家,从一个海岸航行到另一个海岸,通过陆路将安哥拉和莫桑比克连接起来。他们的冒险经历被记录在一本书中。伊格纳西奥与他们一起回到了葡萄牙。在那里,在卡佩罗和伊文斯的陪同下,在帝国国王的台阶上,他并没有被葡萄牙国王亲自接见。但在1885年9月的恩典上,为了赞美卡佩罗和伊文斯在海外土地上所做的无私工作,路易斯国王,承蒙上帝的恩典,也被称为"葡萄牙和阿尔加维群岛的国王,从非洲的这一边和另一边,几内亚和埃塞俄比亚、阿拉伯、波斯和印度的征服、航行和商业的主宰,等等"。他是伊格纳西奥·格雷戈迪奥崇拜的国王。在背诵国王Luís Filipe Maria Fernando Pedro de Alcântara António Miguel Rafael Gabriel Gonzaga Xavier Fran cisco de Assis Joao Augusto Júlio Valfãndo de Bragança这个浮夸而巨大的名字的时候,伊格纳西奥充满了激情。路易斯一世国王致力于文学诗句的研究,那些弦乐诗歌经常在里斯本的街区用于法朵的演唱。在那里,在里斯本,在混血儿、黑人、建筑工人或与从事制绳、织布、染色、编织或烤肉行业人们的陪伴下,在里斯本港口的建筑工作结束后,伊格纳西奥在小酒馆里品着酒,讲述白人非常高兴听到的难以言喻的非洲故事。伊格纳西奥总是很冷静、很和善。为了避免鳏夫这个词,不得不承认在国王制的最后几年里他还是个单身汉，他和许多经常光顾里斯本市中心的苍蝇小馆的人们一样，过着单纯快乐的生活。

路易斯国王去世后，他开始依附于他的儿子卡洛斯国王。许多人觉得卡洛斯国王并不讨人喜欢，多半是出于其奢侈的想法。比如，国王在照亮了内塞西达迪什宫后，对里斯本的街道进行照明改造。伊格纳西奥却认为自己与国王有精神上的联系，因为他和国王一样，都是热衷于鸟类研究。他告诉周围的人们，大海和鸟类是他的激情所在。从路易斯国王——也被称为水手国王——时期开始，他就对海洋充满热情。国王儿子卡洛斯又产生了对鸟类的热爱。这些情感一直伴随着伊格纳西奥，尽管大海是在他成年后才触动他的。他的保皇主义倾向、对王室生活细节的依恋，以及对听取国王故事的喜爱都愈发强烈。以至于1908年2月1日，当他在商业广场上的活动中目睹了国王被枪杀时，他受到了极大的震动。在混乱、呼喊和哭泣中，他被吓呆了。直到午夜时分，在得知暗杀企图的实施者阿尔弗雷多·科斯塔和曼努埃尔·布伊萨已被当场击毙后，他才缓过神来，他的灵魂才得到了抚慰。正义得到了平反。国王政体屹立不倒。曼努埃尔二世，这位学者，这位热爱文字和书籍之人，登上了王位。而伊格纳西奥的生活在阿尔法玛社区继续照常进行着。他在里斯本市中心的建筑工地上打着零工。阿尔法玛地区曾因热辣的舞蹈而远近闻名。法国间谍 M. 杜穆里兹在他的《葡萄牙王国1766年现状》报道中指出,他认为这种称为弗法的舞蹈与该国家不相称。书中这样写道:"民族舞叫弗法,是两人交际舞,像凡丹戈一样,在中提琴的伴奏中舞动;动作极不雅观,因其大多模仿高潮时刻;舞者一般会加上猥亵的手势和淫荡的语言,但公众却觉得很有意思。"20世纪初,阿尔法玛地区不再像19世纪的编年史学家所描述的那样,是一个充满喧嚣、残破不堪和贩运猖狂的地区。伊格纳西奥,被岁月以及阿尔法玛和穆拉里亚斯街区的歌舞升平所吞噬的同时,却变得更恋家了。

自从伊格纳西奥拒绝去莱克索斯工作,那里正在建设一个港口,他与卡佩罗和伊文斯,也就是在里斯本港口建设中雇用了他的前雇主,就再也没有了联系或对方消息。他并没有悲伤或怨恨,而是感谢他们将他从印度洋水域送到了大西洋。这片总是波涛汹涌的、被流进特茹河的雨水滋润的海洋。他越来越喜欢里斯本的生活,喜欢嘈杂的夜晚,喜欢狂欢者、妓女和圣人派对。当他的白人父亲、非洲土地的国王形象在葡萄酒和法朵引发的怀旧效应中出现在他的脑海中时,他自言自语说,他为自己是葡萄牙人而感到高兴,为自己离王室仅有几步之遥而感到快乐。这些是在非洲的人们永远无法想象的,他们把黑色的王冠交给了一位非洲的白人。而伊格纳西奥这个混血儿很高兴看到真正的国王,而不是森林之王,骑着镶有金边的马车穿过商业广场。在生命的晚年,他感到了幸福和安慰。死亡给他带去了恩惠,让他有机会在曼努埃尔二世国王的住所——内塞西达迪什宫——被共和国人轰炸的几个小时前出现在那里。那是1910年10月5日,葡萄牙共和国正式诞生了。阿奇昆达人那时已成了记忆。

当年的恩福卡无法预见那个追忆的夜晚,就更不用说想到伊格纳西奥的种种了。他在他父亲去世时,正在克利马内。尽管湿热给他的全身都带去了窒息感,但他并没有被那里女人们曼妙的身姿、男人们的友好微笑、快节奏背包客的活力和鲁娜伊斯①的魅力所迷惑。当地人称那些女人为多纳。她们喜气洋洋地穿着带荷叶边的、颜色鲜艳的宽大裙子,胸前隆起的、温暖的乳房紧紧地挺立着,几十个姆卡玛②跟随着,屋子里总是充满了笑声和欢笑。她们带着愉快和喜悦的心情,为几十位到来的常客制作来自印度辛辣口味的菜肴,或用椰子汁烹制大虾,更不用说还有

---

① lunanes:音译为鲁娜伊斯,意思是女人们性交易的小房子。
② mucama:音译为姆卡玛,意思是女性家奴。

塞入蟹壳的美味鸡蛋,以及烹饪其他克利马内尼地区提供给住客或过客的美味佳肴。伊格纳西奥与那些过客不同,他决心定居下来,为了寻找那片被人们津津乐道的大海。那片大海以其浩瀚的声音、疯狂的波涛以及到让渔民们欣喜不已的、蹦到海面的鱼儿吸引着他。渔民们不是用独木舟或来自遥远赞比西河的竹筏运输鱼类,而是根据一天中不同的时间和一年中不同的季节,使用或适应强风、或弱风的帆船运输鱼类的。

伊格纳西奥很快就适应了克利马内。这要归功于地形学家这一崇高职业的绘画技巧,方便他结识了许多人、了解了许多地方,并且准确地为冲突所在的地区划定了边界。他的母亲都认不出自己的儿子了,恩福卡认为他就是一个三流的葡萄牙公民。这种不了解使她更加热切地祈求祖先神灵保护她的儿子免受白人的疾病。同样的事情,她并没有为她的女儿路易莎做过。路易莎与大卫·利文斯通的一个手下私奔,在奇尔河下游定居,并且成了马科洛洛地区最有声望、最著名的贵妇之一。当路易莎的形象浮现时,恩福卡摇了摇头,以示心中的反对。她这样做的时候,引起了萨琳达的注意。当萨琳达经过阳台时,恩福卡看起来就像一个忧心忡忡的新寡妇。

"你在想事情,恩福卡?"萨琳达,纳贝兹的第二位妻子,向她搭讪问道。

"夜晚有助于思考。"

"没有云。"

"没有风。"

"天气非常好。"

"……适合思考。"

"思考我们的男人。"

"明天的日子,萨琳达……"

"你是对的。你的儿子莱法索将肩负起这片土地。"

"这正是我担心的地方。"

"为什么呢?"

"鼓声还不够舒展。"

"为孩子们点燃的火,对成年人来说不再是件好事。"

"没有什么可以改变。"

"是的……谁生的,谁知道。"

"是啊……不管是谁生的,都不会觉得奇怪。"

"即使他们当众脱光我们也不行。"

"没错……即使他们当众脱光我们也不行。"

她们俩沉默不语,任由黑夜穿过她们的皮肤进入身体。微风抚摸着树叶和火花,时而从宽阔的广场上燃烧着的篝火中,发出短促且带回响的咔嚓声。萨琳达身材矮小,笑容可掬,夙兴夜寐,鉴于国王的正妻与国王的亲密关系,她们,还不在少数,注定是孤独的。萨琳达是三个女孩的母亲。最年长的阿尔贝蒂娜,她还是个年轻女孩,一贯谦虚,不善言辞,在协议婚姻中被嫁给了比萨地区的一个国王。这一区位于安斯康加的北部,纳贝兹在商业贸易中享有特权。这就使他毫无风险地为此地提供戈戈德拉——本土制造的武器——在猎杀大象时非常需要。此地的大象象牙超过其他地区的平均重量,因此最受欢迎。卢克雷西娅,一个没有话语权的女孩,被马塔昆哈追求,他的绰号是何塞·德·阿劳霍·洛博,一个果阿人的混血儿。他将作为一个在宗博的北部的强大国家领主脱颖而出。此后,他还会摧毁纳贝兹的王国,并征服安斯康加人,以及或近或远的王国的其他村庄。他拥有一支不断增长的阿奇昆达军队。他与赞比西河南岸的土地统治者卡尼姆巴勾结。卡尼姆巴是他另一段婚姻里的岳父。在十九世纪末,马塔昆哈成了赞比西亚的所有者和领主之一。

在与卢克雷西娅恋爱的时候,何塞·德·阿劳霍·洛博还是一个中等身材的男人,较瘦弱的躯体里藏着一双深邃的眼睛。他是果阿人的后裔,喜食辛辣的食材和辣椒。辣椒往往会帮他平衡来自内地无味的干菜。他喜食的口味与太特和克利马内的菜肴口味完全不同。他以一个尊重狩猎活动基本规则的猎人自居。他耳聪目明,说话缓慢而谦逊,因此他受到了一些王国的尊重。这些王国在纳贝兹死后,对何塞·德·阿劳霍·洛博(现在叫马塔昆哈)强烈闪烁的似猫科动物的目光感到诧异。他的行为举止很像是那种小而多事的动物,更精确的专有名词称之为"穿皮潜蚤"。它被赋予了在人的肉体中安家的能力,并且毫不留情地腐蚀人体组织,其凶猛程度就像食血寄生虫。虚假、欺骗、背信弃义和暴力都是马塔昆哈征服领地的方法特点。冒牌货的假面在安斯康加、安博斯、拉拉斯和其他屈服于马塔昆哈部队的人身上变得愈发明显,正如长老们报告的那样:"他们在每个村庄都设有一个代表马塔昆哈的阿奇昆达,负责向当地居民收税,为他们获益。这些阿奇昆达代表马塔昆哈控制着象牙、奴隶和铜矿贸易。他们通过武力从当地居民那里获得这些物品,威胁要枪杀和奴役任何未经马塔昆哈当地代表许可而出售这些物品的村民及其家人。"这些对当地居民的暴力的做法也同样被记录在一个叫夏普的英国远征军人的笔记中,他在经过马塔昆哈的土地时记录道:"……他们看似要去猎杀大象,但这无疑意味着,正如马塔昆哈的所有入侵行为一样,他们将对所遇到的所有弱小部落发动一场灭绝人性的战争、抢劫和杀戮。在我看来,考虑到他们的携带着大量物资,他们似乎打算在卢阿普拉永久定居。据说那里有很多大象。"赞比西亚地区的景致和疆土都发生了改变,但卢克雷西娅对马塔昆哈的活动并不关心。对她来说,亲近时闪闪发光、深沉而黑色的目光,还有那用发油精心梳理过的美丽黑发,就足以让她迷恋上这位对纳贝兹没有什么好感,对莱法索更是毫无好感的王子了。因为马塔昆哈发现莱法索在治理土地和长期犹豫未决的奴隶贸易中一无是处。然而,奴隶贸易的平行市场极大,那市场是建立在远离海上航行的监督船只的沿海地区。奴隶们会前往毛里求斯、留尼汪、塞舌尔和其他国家的甘蔗种植园进行劳作。这种劳动力给生意人带去了很多财富,而不识字的莱法索根本无法理解这一商机。他只是仁慈地对待当地习俗和各种关系。安斯康加人(纳贝兹土地上的外乡人)通过在内陆深处建造木斯图,即奴隶的防御居所,来逃避强迫性招募,这一行为自奴隶制开始以来就在内陆地区非常盛行。马塔昆哈经常愤怒地对他的妻子说:"你哥哥只会把你父亲建立的王国弄垮。"

从萨琳达的子宫里出来的最年轻的是菲利斯米娜,一个喜欢谈话和提问的女孩,她的身体和灵魂都很美丽。菲利斯米娜成年后定居在太特,与伊格纳西奥·德·耶稣·

哈维尔的一个儿子结了婚,如果直译的话,就可以俗称他为"卡利佐林巴·腹痛",可以被解释为:因为尊重和恐惧,使他国人们的肠子都在扭动。卡利佐林巴位于太特北部一点,奇科亚是在赞比西河的南岸最远的地方之一。卡利佐林巴人与葡萄牙当局关系密切,这促成了他们在与外邦人打交道时的骄纵,就像他们用委婉地称呼外邦人为野生黑人。在一个共谋的黄金时代,他们从葡萄牙人那里得到了上校的军衔,骄傲地炫耀穿着带有上校肩章的耀眼制服,他们对此感到非常自豪。

菲利斯米娜的丈夫,名叫安东尼奥·哈维尔。他并不属于该国内陆地区建立起的群体。内陆群体有时与当地人的生活方式相协调、共存;有时则与当地人发生冲突,恐怖和不安在日渐无序的人口中传播,逐渐抹去了人们与土地、水、风和火共存的世俗痕迹。从安东尼奥·哈维尔和卡利佐林巴的其他儿子中发展出了哈维尔家族,这个姓氏在太特,以及在整个浅色和深色皮肤的混合种族,都留有很多的子孙后代。在横向扩大社会的计划失败后,为了恢复昔日尊严、恢复在赞比西河谷及周边腹地人民心中榜样和骄傲的:阿奇昆达人;他们经历了二十世纪漫长地同化和异化,以适应时代的变迁。

恩福卡和萨琳达两人仍然沉默不语,她们不大愿意空谈、不大愿意用无意义的词句,或随意抛出自己的想法,用以减轻悲伤或抚慰泪水,或在无意义的轶事中激起沮丧的苦笑。恩福卡的手势和步态宁静而隐蔽,侧身瞥了萨琳达一眼;她知道萨琳达在哀悼的场合会很紧张,因为她难以抹去嘴角的微笑,遮蔽眼中的火花,平息夸张和大幅度的姿态;似乎无法让萨琳达神情凝重、话语缓长、姿态专注、内敛冷静。恩福卡想,"她从来就不是为哀悼而生的。"萨琳达作为纳贝兹的第二个妻子,恩福卡给了她的一言一行甚至微笑,非常重要释放的空间和地方,以此成全她旭日般的青春;而萨琳达的这些特点是受过军营生活和狩猎的寒冷的纳贝兹在减压时刻喜欢围绕着自己的。他和她一起笑,一起陪伴女儿们。她们总是渴望接近父亲,而父亲很少花时间和女孩们的小部队在一起,却总是和男孩子们待在一起。父亲总是很关注狩猎舞蹈以及其他与狩猎有关的仪式。然而,那些萨琳达用迷人技巧从国王那里偷来的时刻,让不怎么外向的恩福卡感到欣慰。然而,这就是为什么王室里的其他女人总是容易说闲话,时不时提出一些阴暗的话语,用一种高高在上的声音说:"这种品行的女人,在言语和姿态上都很不适宜,不符合王国严格的纪律要求。因为规则是让女人在国王的背后,不应该抛头露脸,更不能过分出挑,更加不能用语言向国王表达自己的意愿。因为国王会通过手势和眼神来决定是否让她们自由表达。因此,恩福卡不得不给萨琳达泼了泼冷水,因为这样的女人在王室里是处不久的。在王室里,正确的表现就是入会仪式上教给她们的:对男人保持沉默。"然而,恩福卡以她一贯缓慢的表达方式反驳说:"萨琳达是在阳光下出生的,她宽阔的体态是积极的,就如同我们低沉的声音在黑夜里回荡一般自然。并非生活强加给她那明媚的、晨间露水般的微笑,而是她母亲的善良的子宫得到了神灵的庇佑。她的微笑如出水芙蓉,滋养了季节性干枯的土地。恩福卡让她安心待在床上,做所有她随心所欲的事情吧,只要让国王之灵得以安息。你们不是因为萨琳达的微笑而生气,或因你们夜里的快乐被耽搁而变得不耐烦,而是因为你们自己不能站在纳贝兹身边,和他一起笑看生活中的点点滴滴;不能成为普通人、成为和她一样的人,和你们的男人一起享受阳光!"

"远离萨琳达,回到你们明争暗斗的生活中去吧……知足纳贝兹给你们的那几个晚上吧。散了吧,你们走吧。"恩福卡说着,明显有些紧张。

而她们:有着俏皮双眸的马西塔,有着肿胀臀部的萨金加,总被玛莉德萨煽动着。玛莉德萨是最年轻的女人,总是参与到大大小小的争吵之中,急于在纳贝兹注意力最集中的地方独领风骚。然而,她们此时却退缩了,虽对恩福卡的话不以为然。但是,她们尊重这个女人,不是因为她的劝阻,只因她是国王的第一个女人且负责她们在王室里的日常生活。

格雷戈迪奥的第三任妻子恩津加远离她们,常常独来独往。她大部分的时间都是和她的女奴苏娜在一起的。经常可以看到她们在两公里多长的王室阿林加大道上散步。这些举措使她们得到了见过她们的臣民的尊重。她们不像纳贝兹其他的女人们那样夸夸其谈。那些女人们甚至对尼亚蓬戈①,那些致力于年轻人启蒙教育的女性长老们大肆谩骂,因为她们被认为没有给不学礼数的、总是由女奴陪同的女孩子们适当的教育。此外,在王室的阿林加日常生活中,她们还经常做一些冒犯女长老的行为。有三千多人居住在阿林加,人们分工合作,通常与王室里事务保持距离。因为人们都找到了一个与他们自己生活相称的世界。他们已经有权与王室一同生活在阿林加,而且还享有很多特权,并且不再受指责或被迫劳作。当时所谓的农民奴隶,上午和下午都需要在高地工作。在被称为梅法拉的地区,种植小米、高粱和玉米;或者在被称为丁巴斯

---

① niapungo:音译为尼亚蓬戈,意思是女性长老。

的河边地区，种植蔬菜、红薯、玉米和以令人羡慕的数量蓬勃发展的水稻，因为它们得到了阿鲁安瓜河的灌溉，而阿鲁安瓜河也慷慨地对阿林加提供了丰富的鱼类，这消除了许多阿奇昆达人在以前为赞比西河谷其他地区的领主服务时的饥饿感。现在，除了土地和水源所赐予的丰富生命力之外，他们还得感谢纳贝兹，他以人类应有的尊严对待他们，那是在许多白人和混血儿身上看不到的尊严。因此，他们也不希望自己的妻子在王室里被人看不起。然而，妇女们却常常受到纳贝兹妻子的奴隶们的嘲笑和侮辱，但这种情况不会在苏娜那里看到。苏娜非常尊重阿奇昆达人，无论是未婚的年轻女性，还是培训妇女性生活和提供其他需求的尼亚蓬戈。

他们钦佩苏娜，因为她是为数不多的，甚至是唯一的一个，能够引起若昂·阿尔法伊的微笑，甚至会心一笑的人。人们对若昂·阿尔法伊和苏娜之间的关系并不清楚，但这一事实却成了王室奴隶闲言碎语间的话题。然而，苏娜以她的沉默，压制住了四起的流言。进而谣言也渐渐消失了，或紧局限于阴谋论者的小范围里。她们嫉妒地看到苏娜的乳房仍然坚挺、富有挑逗性，并且没有受到夜间爱抚的损害，也没有受到哺乳的影响，而这些都是导致乳房下垂的主要原因。其实，并不存在所谓的爱抚，因为性前奏在阿奇昆达人或腹地的其他民族中并不常见。妇女们根据伴侣的激动程度，能做的只限于交出她们的外阴，并以有节奏或抽搐性的方式摆动大腿。

萨琳达试图打破扰乱她的沉默问道："他会来吗？"

"这就是我们都在等待的事情。"恩福卡回答说。

"那我们呢？"

"我们什么？"

"我们的生活。"

"他会告诉我们的。"

"会告诉我们什么？"

"我不知道。"

她们又陷入了沉默。萨琳达被她的寡妇身份所困扰，眼睛盯着黑夜，但什么也看不清。恩福卡将下巴放在右手的掌心上。萤火虫带着它们断断续续的光亮在大房子周围的夜空里盘旋，雄性蟋蟀则不断地摩擦翅膀发出颤音，以此吸引雌性蟋蟀到洞穴入口处的小天井里。恩福卡意识到了萨琳达的恐惧。萨琳达在一个又一个的问题中，逐渐意识到纳贝兹真的有可能会转世为狮子之灵，永远监视着她。这个想法让她感到沮丧，因为她还无法意识到一个不朽的灵魂可以有多大的妒忌心。那天恩福卡因为曼波死亡的临近而不安，她回避问题，并随心所欲地回答着。

萨琳达重新提出了直白的问题：

"他会如何占有我们？"

"现在不是考虑这个问题的时候，萨琳达。格雷戈迪奥生病了。而夜晚的事情会在其他时间处理。"

"但知道这一点很重要，恩福卡。我是否会被动物附身，或者他会在我的梦中出现，会随着黎明的微风附在我身上？"

恩福卡说："我们以后再谈这个问题。"因为她不知道她的格雷戈迪奥的转世究竟会如何发生，那是一种安斯康加人从未追随崇拜的灵异人士的习俗。在母系社会中，人们会援引了领土和控制身体和神灵以外的权力。然而，阿奇昆达人将父系社会的特征强加给自古以来习惯于雨水和生育崇拜的当地民众。

萨琳达的恐惧使她的笑容逐渐暗淡下来，她的手势也变得柔和起来，许多人把这种情绪变化解释为是因为纳贝兹的健康状况，而并非由于她脑海中滋生的问题。事实上，直到国王去世的那一天，她还没有想好那些一直消磨她的问题。

随着曼波的死亡，萨琳达的恐惧在不安的目光中变得清晰可见，她总是怀疑可能预示着格雷戈迪奥存在的迹象。她想象着格雷戈迪奥以风的形式出现，或以无形的火焰在她的外阴里燃烧,让她在痛苦和快乐中扭动,抑或按疗愈师指示的一个未知男人的身体来满足纳贝兹的欲望。当悲伤或嫉妒时,在神灵都未知的领域,疗愈师甚至可能会指出一个麻风病人,让他将用无法修复的伤口抚摸她,以显示曼波的力量是多么的永恒和不可遏制。

只有他活着,萨琳达才感到自由。但随着纳贝兹的死亡,她的脚步将处于这个男人永恒的审视目光之下。这个男人在生活中很少关心妇女的行为,因为他知道她们在阿林加里面受到严格的道德控制,是绝对忠实的。那些掌握白天和黑夜永恒的人,永远不会给凡人带来幸福。无论是走在阿林加的大道上,或是在与其他男人的对话中,抑或在控制的梦境中,她都感到自己被监视着。"我永远是个罪人。"她告诉自己。

"我受不了了,恩福卡。"萨琳达说,回到了夜晚的现实中。

"你受不了什么了?"

"每个角落都有格雷戈迪奥。"

"你害怕吗?"

"比狮子、豹子更可怕。我们看不到他,恩福卡。但是他能进入你的身体,还能控制我们、让我们感到恐惧。而更糟糕的是,我们听不到他的声音,但我们却能感到他的存在。"

"能感受到你的男人在梦中和现实中的存在,那是一种安慰。"

"但你不能跟他说话?"

"你有疗愈师,或化身为他的人。他将回答一切。疗愈师是这么说的。"

"有规可循吗?"

"我们一直都有。"

"而对于我们,他的女人,身体是第一位的。"

"它属于格雷戈迪奥。"

"但那些年轻的女儿们呢?她们的生活会变得如何?"

"他会告诉我们的。"

"你很平静……"

"我也给你带去这份平静,萨琳达。"

"我希望能跟你一样平静。"

"你可以的。"

"……一个人不可能与一个在你身边游荡的灵魂和平共处……如果让我选择,恩福卡,我宁可让纳贝兹活着也不愿意让他死。"

"你从来就没有选择,萨琳达。"

"至少我可以和他讲话。"

"你需要遵守……"

"但他会讲话。"

"这是对你的安慰。"

"是的……死亡已经带走了我的话语。"

"现在你会学会与沉默对话的。"

"那是神灵统治的世界。"

"还有神灵接触我们身体的时间。"

"但我们的从来都不是这样的。"

"看看这些人们……有成千上万的人在等待着纳贝兹的声音。"

"如果有恶灵来了怎么办?"

"纳贝兹的手一直是和平的。"

"如果呢?"

"我们会有一个被折磨的寡妇时代。"

"救救我……"

一个女奴走到恩福卡身边,在她耳边低声说了些什么。萨琳达难以置信地盯着天空,她的双手紧贴在被一条黑色围巾遮住的头上。夜色渐浓,鼓声如雷。在缓慢无情的通往黎明的路上,歌声仍然在黑夜中溢出,黎明随着星星的消失出现了刺眼的光芒。一些人围着火堆睡觉,另一些人则更喜喝酒。他们喝得酩酊大醉,嘴里念念有词,不知所云。动物们被人类的哀悼所打动,自顾自地沉默着。周遭的宁静偶然被远处狮子的吼声打破,或者在掠食者休战的夜晚被叛逆的豹子吼声撕裂。斑马和库都斯摆脱了被监视的感觉,不顾一切地走近河马所在的水域。而河马们正远离河岸,在去森林吃早餐的路上摇晃着沉重的背影。阿鲁安瓜河在夜色中闪烁着光芒。鳄鱼们,为了尊重纳贝兹灵魂脱离身体,正在水面上游荡,竟没有了几个世纪以来的好胃口。

"尼亚津比尔在等我们。"恩福卡说,看着靠在大房子的木制阳台上的萨琳达。

"我们走吧。"

寡妇们来到尼亚津比尔的小屋里,在那里她们得到了混合在净化过的浴水中的药物。在日出之前,她们必须进行草药浴并穿好丧服。

寡妇们在尼亚津比尔周围排成一排。当她们看到其他女子也都完全剃光了头时,都露出了笑容。她们看起来像刚被抓起来的奴隶,正在被拉去囚禁的路上。在一些"梯田"中,小山谷很突出;在另一些"梯田"中,山脊突变为平原,上面点还缀着小高地,与废弃的白蚁丘相似。寡妇们为自己的头皮裸露而感到羞耻,她们斜视着其他人,为了在其他寡妇的孤独中感到坚强。由于一夫多妻制的性质,纳贝兹的女人们之间很少见面,但她们却形成了基于利益和同情心的团结纽带。这就是为什么萨琳达会坐在恩福卡旁边、尼亚津比尔的右边。后面是玛莉德萨、马西塔和萨金加,她们都离得很近,坐在尼亚津比尔对面。在尼亚津比尔的左边,离其他人稍远的地方是恩津加,她是阿达利亚诺的母亲,她膝下唯一的儿子,一个喜欢民俗的年轻人。她们都沉默不语,交换着期待的眼神,就像普通寡妇一样,在其沉默中相互尊重。必要时用点头回答彼此的问题,偶尔对尼亚比布尔的话说是或不是。只有恩福卡有权利代表她们说话。疗愈师用他的右手腕摇动河马的尾巴,做着圆周运动,同时他把粉末和液体洒在坐在羚羊、山羊、豹子和其他动物皮上的寡妇们的身上。这些动物皮铺满了主持仪式的尼亚津比尔的土坯地板。除了恩福卡之外,其他五个女人都没有进入尼亚津比尔的祈祷室。尼亚津比尔是纳贝兹信任的疗愈师,一直为国王治病。他直属疗愈师查图拉。查图拉来自赞比西河最南端的土地,是位对黄斑病有治疗经验的预言家。他为王族提供药物,为了让他们死后转世为狮子之灵或姆邦多罗之灵。对于塔乌拉人、科雷科雷人和其他安斯康加人,他们并不知道伟大的领土主灵魂转世之说。因为他们的祭司被称为穆巴拉,他们的工作仅限于召唤祖先、崇拜祈雨和其他仪式。

纳贝兹吸收并扩展了诸多仪式,在他在世的后期,加强了与赞比西河以南的父系社会崇拜的相近似的阿奇昆达仪式。

曾经被称为内古巴卢梅、猎人首领姆巴姆拉的手下们,当他们通过阿奇昆达的声音听到了纳贝兹死亡的消息时,他们已经进入了纳贝兹领土的最北端。

阿奇昆达说,"仪式会在首都举行。"

在回答关于负责纳贝兹地区村庄附近行政事务的传格斯的下落问题时,阿奇昆达只说这个人已经离开了,清晨时分就朝阿加林前进了。

"今天下午和晚上,我们会稍作休息。"姆巴姆拉对旁边的人说:"我们黎明时分出发。"这个命令被转达给了商队中的一百多个人。其中有四十人是猎人,装备有古古大枪和燧发枪。其余的人是搬运工,负责运输象牙、干肉和他们在内陆地区收集或交易的蜡制品。

通常情况下,姆巴姆拉的远征需要一到两个月的时间,一年分三到四次进行。这就是为什么纳贝兹的死讯让他们大吃一惊,因为当他们离开大阿林加时,纳贝兹仅是卧床不起。虽然纳贝兹在阿林加地区行动有些困难,但考虑到他的年龄,这情况也并不值得惊慌,因为他的身体虽然被生活的艰辛所割裂,但仍然保留着一些猎杀大型动物时代的火焰。你可以在这个人身上感受到一些非常治愈的活力。白色的头发给这张脸带来了人性的光辉,他的脸上写满了没有屋顶的严酷夜晚和高烧的日子,而尼昂嘎的草药,也就是土著草药师使他的病情得到了缓解。姆巴姆拉记得,在他离开的前几天,他看到纳贝兹和他的副手们一起,听着和口述着要执行的命令。在那些快乐的日子里,白日纳贝兹都有机会去妻子们的房子谈话聊天;下午和晚上,则笑声不断。在负责其安全的恩古鲁贝的陪同下,格雷戈迪奥在铁砧间度过了很多个上午和下午,观看了麦斯理处理原铁和制造火药。他很高兴能在丛林中,在阿林加中的一个名副其实的小岛上,看着古古大的制成。武器车间是他的骄傲和快乐之源。

姆巴姆拉说:"很难相信我们看到的那个在阿林加的传奇人物已经去了。"他转向格雷戈迪奥的儿子、恩福卡的第三个幸运儿塞琼加说道。

"他很早就已经在抱怨他的骨头了。"

"这病一困扰着他。"

"他是死于此病吗?"

"他没有死,塞琼加。他只是摆脱了困扰他多年的骨头问题。现在他会以另一种形式出现。他的灵魂将住在他所选择的人的肉体里。"

"会不会是我们,他的儿子们?"

"不会是家族中的人。"

"背负两个灵魂肯定很重。"

"这是属于少数人的荣誉。"

"如果转世为好的神灵的话。"

"纳贝兹并没有因对生活失望而离去,也没有人诅咒过他。"

"我想听使库阿查怎么说。"

"他的话不能听,塞琼加。他仍然有一个白色的灵魂。他与你的父亲不同。"

"你一直都不喜欢他。"

"说实话,的确如此。"

这也是事实。他们多年来一直在回避对方,甚至没有明显的理由。姆巴姆拉根本从未和使库阿查搞好关系。姆巴姆拉认为他是王室里的多管闲事者,就像他在已故的本托·罗伊斯·佩尔迪冈时代看到的许多骗子一样。当时,在奇尔河谷和赞比西河周围地区他们所建造的房产上,他看到带着刀鞘的白人男子无缘无故地殴打男人和女人。他记得多米尼克神父,一个满脸胡须、肌肉结实、说话粗鲁的人,声音类似于猪叫。多米尼克的习惯是在圣日强迫绳索和干草叉囚禁着的奴隶们参加弥撒;他说这是当地人从与生俱来的放纵生活中解放出来的唯一途径。星期天,在教堂周围的院子里可以看到大约两百个黑人,用黑人和像罗伊斯这样的白人都听不懂的语言参加弥撒。多米尼克会用一种听起来像甘蔗裂开的拉丁语来主持仪式。除了这一点以及只有上天才能理解的、对外宣称的独身主义之外,黑人们假装相信那是他们对上帝的奉献的结果。然而,越来越多的贵族,也就是混血儿的涌现,好似上帝决定在受祝福的时代中,淡化罪恶的黑色肤色。他所经历的这些和其他事件,使姆巴姆拉与许多人,向那些带着十字架和《圣经》撕开非洲乡村的上帝仆人的虔诚行为保持距离。使库阿查,这个蒙羞的宗派之子,并没有说服他。

"他尝试着做一个好人。"塞琼加说,打破了沉默。

"当蛇决定改变它的皮肤时,它会佯装已经死掉了。"

"使库阿查已经是其中一员了。"

"他会慢慢相信的……"

"这是你们的斗争……"

"有可能。但穿袍子之人的心脏跳动方式都与我们不同,而且他们还会潜入我们的头脑里。看看他们对阿尔法伊都做了什么。"

"他是个好人。"

"但他没有我们的灵魂。牧师的毒药就在他们的血液中。你要告诉我阿尔法伊从不和女人睡觉吗?"

"我从来没有听说过什么。"

"我们在这里。我们的妇女在那里,孤独地待了几个月,而某人却参合其中?"

"利甘科不起作用?"

"有一些疗愈师可以取消利甘科的力量。阿尔法伊是一个喜欢旅行的人。"

"但他不是一个去找治疗利甘科的人。"

"他又是怎么告诉你的?"

"伟大的疗愈师必须在我们内部。这就是他总说的。"

"你见过吗?"

"见过什么?"

"这……我从来不相信那个人。这就是为什么他只和你们说话,年轻人。"

"他是一个封闭的人,坎巴穆拉。"

"毒蛇从不在人的视线范围内爬行。"

"不……"塞琼加笑了起来。在格雷戈迪奥的儿子中,他是头发最长的一个,也是最年轻的一个,他有着最美的肤色。据说他是黑血无法染指的穆宗戈①。他像他的父亲一样,喜欢打猎,喜欢在内地冒险,喜欢大象那雷鸣般的吼声,以及它们优雅而骄傲地出现在大草原树干左右摆动的灌木丛中,还有它们向上弯曲、又白又硬的牙齿。它们把颤抖的灌木和树枝踩在脚底,在开辟的轨道上不断标记新的路线,还要提防人类的陷阱。但最让塞琼加着迷的是,在开阔的大草原上,在巨大的绿色之间的宽阔空间里,水牛群靠近河边时那不同寻常的小跑,充满了活力和力量。他很高兴听到那让大地颤抖的音符,它们惊动了猴子。猴子随即蹿到树上,鸟儿从颤抖的树枝上惊恐地飞了起来。为了给水牛在河岸的胜利到来加冕,这些反刍动物的可怕咆哮声会融合在一起。当它们决定向一棵树或一个人进攻时,就形成了强大的、不可逾越的力量,而被攻击者在冲击力的作用下只会沦为一只昆虫。除此之外,还有河马大大的脑袋,以及无法引起他同情心的圆且丑的鼻子。那多疑的、可怜的呼噜声与它们河马这一优雅的名字不符。从塞琼加还是个孩子的时候起,他就认为河马奇怪的夜间进食习惯是懦弱的。他想知道为什么一个体重不寻常的动物需要在夜间躲起来觅食。他被告知,太阳光不

---

① muzungo:音译为穆宗戈,意思是白人或者混血商人。

是河马的朋友,因此当太阳照射河马时,它们的皮肤会发红并伴有刺痛感。他从未真正喜欢过河马,尽管他喜食它们多汁的肉。

"你的父亲,"坎巴穆拉继续说,"他委托我承担起照顾你的使命,但是你一空下来,总像个小男孩一样跑到阿尔法伊那里去。"

"那只是年幼时的好奇心。"

"我是在开玩笑。这很正常……纳贝兹的儿子们总是喜欢冒险。例如,伊格纳西奥被未知的冒险所驱使,想和白人一起生活。阿达利亚诺总是和奇蓬达一起进入灌木丛。你和我一起。你的妹妹路易莎很年轻时,就和一个男人私奔、去冒险。"

"现在是时候该讲讲她的故事了……"

"说来话长,"坎巴穆拉说,他拉着年轻的塞琼加的胳膊走向一个圆柱形的小屋,小屋半截高,在空地上,四根中等大小的树干突出来,支撑着一个草顶。通过一扇门,可以看到一张由树枝和树干组成的桌子,以及嵌在土坯地板上的长椅。所有的阿加林,都有数以百计的这种休闲和思考的地方,他们称之为麦萨萨,与庇护所相同。坎巴穆拉和塞琼加一起,姆普卢卡带着恍惚和痛苦的神情走近他们。太阳光从远处穿过树梢,天空中以黄绿色为基调,时而被一团鸟儿的鸣叫旋律打破,让人联想起午后的大海。

"你一定已经知道了。"姆普卢卡说。

"他们已经通知我们了。"

姆普卢卡说:"混乱已经来了。"

"让莱法索用油脂来涂抹伤口吧。"坎巴穆拉回答说。

"星星之火可以燎原。"

"没有鼻子就没有鼻涕。"

"身体还是热的。"塞琼加打断说道。他背靠着半高的墙,他的双臂靠在土坯的壁架上。鸟儿时不时在乱石堆上驻足或起飞。

"你是对的,塞琼加,"姆普卢卡说,"白给的就不能挑剔。"

"生命不会结束。"

"我从他那里学会了打猎。"

"你是他的小儿子,"姆巴姆拉抢先说道。

姆普卢卡十岁或十一岁的时候,姆普卢纳贝兹和他的猎人发现他仅有一块布裹身,饥肠辘辘,漂泊不定,一个父母亲疼爱的孤儿。他不知道身在何处,只知道自己的名字是姆普卢卡,并说他来自苏拉里斯以北的土地;他剩下的家人、父母亲都在阿贾克斯奴隶商队发起的袭击期间饿死了。几个月后,他发现自己迷失在语言陌生的土地上。纳贝兹开始喜欢这个男孩,许多人认为他是一个阿卡伊恩德——一个没有血统根基的人。姆普卢卡个子高挑、肉体干瘪,他的双脚和双手不像其他人那样短粗,而是巨大和细长的,很容吸引人们的注意力。他的鼻子也并没有像其他人那样在脸上显得很突兀,或长着以类似于旧石器时代洞穴入口弧度的鼻腔,而是竖起来,又窄又细。他还有一副长长的脸。这些特征使他从普通的班图人中跳脱出来,通过少许分叉的头发,在大陆更北部的土地上的部落中彰显自己的身份。据说那里有在高地上闪闪发光的湖泊,有穿越崎岖的土地和无尽的热沙时不会干涸的河流,还有奇怪袋子似的轻快穿行的动物。

姆普卢卡很早就显示出他是一个娴熟的猎人,在无懈可击地刺杀大象方面的技术无人能及。这就是他的专长。他是从姆巴姆拉那里学来的。姆普卢卡躺在象道对面的一根粗树枝上,静静等待着。据说,擅长这种狩猎的人是服用了讷地麻,这种药物可以使他们不被棘皮动物敏锐的视觉和嗅觉所发现。但姆普卢卡有能力让自己不受伤,因为他的身体很灵活,就像一条消化完食物的蟒蛇。他用长长的手臂,等待着大象从树枝下经过的准确时刻,并以毫米级的精度,将沉重的宽刃矛插在大象的肩膀之间,即刻穿透皮肉,将大象击伤致死。这种技术很少有人掌握。

实际上，许多猎人都不够高大，所以他们集中精力使用猎狗战术，卢帕塔这类药物注定要激怒那些无法停止吠叫的犬类，激怒那些瞬间忘记了人类存在的大象。而这些猎人会绕到大象后腿上，用阿卡特姆（著名的猎斧）有力而准确的击打，切断大象的肌腱。庞然大物在几分钟内就会被困住，然后像一个无用的麻袋一样倒下。随后就是猎人们的叫喊声，他们轻车熟路般向大象扑去，将其杀死。一般来说，他们会从象鼻开始，精确地切开它，使仍是热的血液迅速地、火山般的涌出。

每个人都从这些狩猎经验中吸取教训。虽然高个子的人在学习，中等身高的人在放松，低矮身高的人在欢笑，但都在大自然依据每个生命力提供的机会中走到了一起。身材高大的人很容易就能融入这个已经具有共性的群体，虽然他们都来自不同的民族，有着自己的特殊习惯，但最终各式习惯都逐渐汇入到了阿奇昆达人的独特灵魂之中。

根据纳贝兹的明确指令，姆普卢卡没有像其他人一样进行面部文身和打磨牙齿，因为国王认为这个年轻人的皮肤与骨头如此紧实，不适合受到任何破坏。让他拥有长颈鹿的身高和身体吧，他将在平坦的大草原上充当向导，为国王服务。坎巴穆拉，当时还是内古巴卢梅，他负责指导姆普卢卡关于猎取大象时要注意的问题。他给了他特殊的药膏和护身符,特别是麻苦阿,一种抹在身上使其具有更强抵抗力的药膏,以及内科拉,一种保护他们免受大象暴怒的药。这也是坎巴穆拉的最爱。他记得他的第一个主人本托·罗伊斯——一个无忧无虑的人——他不喜欢带猎狗打猎,也不喜欢用内科拉,因为他认为当大象被激怒时,才会给游戏带来应有的尊严。然而,他掉进了自己挖的陷阱里。当坎巴穆拉把内科拉交给姆普卢卡时,他对姆普卢卡说,他回忆起了罗伊斯戏剧性的死亡时刻。"没有文身是不带血的,"坎巴穆拉说,"所以,年轻人,你必须时刻保持你的皮肤紧绷。"巨人姆普卢卡向他表示感谢,说他知道不可掉以轻心。

姆普卢卡说:"事实上,从整体生活改善的角度看,纳贝兹是我们所有人的父亲。我们之所以是我们,要感谢他。"

"的确如此。"坎巴穆拉回答说,"但你很特别,你的身高就如同一头长颈鹿,你是他要保护的儿子,与你是一个来自未知土地的外国人无关。"

"你太夸张了。"他反驳道,嘴角扬着微笑。

"你没看到姆普卢卡的小屋吗,塞琼加?"

"它有两个人加三只羚羊那么高。"

"你夸张了……"

"什么夸张？你知道女人们说了什么吗？塞琼加。"

"不知道。"

"他身体的某个部分都可以当枕头了。"

"我们正处于悲痛之中，"姆普卢卡说，"话题跑偏了。"

"纳贝兹从不希望我们哀悼。"

"我相信灵魂会转世进入其他肉体。"

"问题不在于信仰，塞琼加。这是确信无疑的。纳贝兹已经离开了他的白色身体。"

"许多人不相信这一点。"姆普卢卡说。

"阿奇昆达人将首次拥有自己的姆邦多罗。有人怀疑会是恶灵。但纳贝兹把我们聚集在一起，给了我们的姆子姆空间。现在他想让姆蓬多罗的神灵凌驾于家族姆子姆之上。我们将会有更大的保护者。"

"这个人不会死的。"塞琼加喃喃地说，他的目光与这群人拉开了距离。

"只要我们作为一个群体存在，它就会一直存在！"

"这样他会很累的……"

"肉体才会累，塞琼加。"

姆普卢卡说："白色的身体已经很累了。"

"人们会记得有血有肉的这位白人。"

"他是黑色中的白色，塞琼加。他与使库阿查不同。"

姆普卢卡说:"使库阿查并不伤害任何人。"

"我也没说过。他从未对我们造成任何伤害,而且他还脱掉了害羞上帝的法衣。"

"他那是想结婚了。"姆普卢卡接着说。

"女人总是钻进他长长的衣服里。"

"你是对的。当你说起他,我想到了另一个白人。"

"谁?"坎巴穆拉问。

"利文斯通。"

"很幸运,你在哀悼的时候还记得这个名字。"

英国传教士和探险家大卫·利文斯通在马科洛洛部落成员的陪同下,从安哥拉沿南岸进入赞比西河进行探险旅行。他惊奇地发现赞比西河的水面宽达 1700 多米,深度约为一百米。在汹涌的粉状水云中,有水雾高达五百多米高的绿叶地。这些绿叶之地将由维多利亚女王监护,她用这个名字命名了著名的赞比西瀑布。在直译中,赞比西瀑布的名字是莫西奥图尼亚,即响彻云霄的烟雾。

在进入纳贝兹的土地、顺流而下的途中,利文斯通被这条宏伟而强大的河流瀑布所吸引,他将这上帝赐予的礼物惊奇地讲述给纳贝兹和他的邻居们,然而他们对这种发现并不关心,只吸引了姆普卢卡的注意。姆普卢卡不仅已经被国王信任,而且受到王国中许多最重要人士的信任。

他们因为他独特的处世方式而器重他。这种方式反映在他的笑声中,而这种笑声更多的是来自他的眼睛而不是他的嘴唇。

在远离奴隶贸易的地方,大卫·利文斯通在纳贝兹的土地上住了一小段时间,做了一些记录,就像他离开南非后一直在做的那样。他穿越了卡拉哈里沙漠,沿着西海岸航行到罗安达。他不像现代化所创造的数不清的游客那样——手握一次性传单,从中获取肤浅的知识。利文斯通是一位非常关心其他文化命运,关心当地人的习惯的人。

但大卫·利文斯通在纳贝兹土地上逗留的时光不会被当地王室遗忘。而这要归功于路易莎,恩福卡的第二个孩子,一个十三四岁的女孩,她爱上了马库拉,利文斯通的一个亲信,一个二十二岁的年轻马科洛洛人。他骁勇善战,身着西式服装——长卡其色短裤,带护胫的靴子,一个配套的彩色头盔和一件有巨大口袋的衬衫外套。

路易莎乳房早熟,胸前缠有布条,臀部丰满,身体的发育与其年龄不符。她在启蒙阶段就展示出了她丰腴的身材,而这对她的母亲来说就是一场噩梦,因为女儿总提出有关异性的问题。随着时不时的小调情,马库拉以他调皮的方式,在笑声中、虚假的天真中,越来越接近并爱上了纳贝兹的女儿。她的父亲拒绝与土地领主、国王或在腹地旅行的普通商人谈及儿女未来的婚姻。若非得嫁女儿的话，纳贝兹宁愿让萨琳达的女儿阿尔贝蒂娜，或者还玩着过家家的七八岁的卢克雷西娅顶上。

作为长女，路易莎在纳贝兹看来是一颗耀眼的宝石。这颗钻石让他想起了那些与白人和加那林人打交道的傲慢的贵族妇女。她们与土著人接触时则更加傲慢苛刻。她们鄙视那些在塞纳圣马尔萨热闹的码头上，从长途跋涉的黑色身体中流出的臭汗水。

大卫·利文斯通当时对传教活动并不关心，但对了解当地人民很感兴趣。他把安东尼奥·格雷戈迪奥的组织作为研究目标。这个白人与他在其他纬度地区遇到的葡萄牙人不同，他很有人情味。他不喜欢贩卖男人、女人和儿童。很少有人像他一般，融入了土著人的习俗之中。他对十几种非洲方言了如指掌。纳贝兹对于这位英国远征者和医生的评价不多。大卫·利文斯通很高兴地和这位葡萄牙人一起度过了几个星期，他也很欣赏姆普卢卡的奇怪特征。利文斯通想着下次旅行，大湖区将成为他旅行日程的一部分、必须探索的领域之一。当他以不同寻常的注意力看着姆普卢卡的黑色皮肤时，先知以赛亚在针对埃塞俄比亚的神谕中的话，出现在他的脑海中："……奔跑吧，飞快的信使，奔向一个纤细而黝黑的民族，奔向一个总是令人畏惧的民族,奔向一个强大的民族,奔向一个遥远的地方,他们的土地上运河遍布……"事实上,姆普卢卡早已远离了这些祖辈们和这些《圣经》中预言的地区。

两周后,马库拉不愿陪同他继续前行。事实上,是利文斯通把他从无家可归的贫困中解救了出来。利文斯通在刚入夜时分向纳贝兹告别,那时王室阿林加的广阔院子里歌舞升平。远远没有想到,在两百多人的队伍中,会有一个处于青春期的处女,无可救药地爱上了马库拉,而马库拉也充分利用这一切。在顺流而下的旅途中,马库拉不顾别人的劝告,竭力向这位英国传教士和探险家隐藏她的存在。这位传教士更关心的是他对当地人习俗的记录,而不是他手下人的恋情。利文斯通在返回英国的前夕才发现了这起拐骗事件。

据说,他对纳贝兹的热情好客感到非常气愤,以至于在他的《南非传教士之旅研究》和《赞比西河探险记》以及《赞比西河贡品》一书中没有写下他在这位白人国王的土地上逗留的各种事迹。

在第二次穿越非洲中部和南部的探险中,利文斯通更多地游历了赞比西河以东的土地,对尼亚萨湖和周围的土地颇感兴趣,尽管他还更仔细地访问和探索了维多利亚瀑布,这是他在非洲土地上发现的一颗宝石。然而,他不敢沿赞比西河顺流而下进行探险。

我们不知道对赞比西河中下游缺乏兴趣是否是因为面对纳贝兹和他的邻居的尴尬。但在这位英国探险家的故事中,不变的是对尼罗河源头日益增长的痴迷。这种痴迷的情况导致尼禄皇帝时代的罗马军队试图寻找河流的源头。在希腊数学家和天文学家埃拉托斯特尼的假设指导下,在公元前二世纪,确定了赤道的湖泊就是河流的源头。但是,苏德的沼泽地——被努比亚土地上的白色尼罗河淹没的广阔草原,阻碍了罗马军团的前进,他们的一部分人被阿斯旺以外广阔的平原上开辟出来的沼泽地所吞没。几个世纪后,对河流源头的迷恋再次引起了阿拉伯地理学家穆罕默德·伊德里斯的好奇心,他在其《地理学简编》中说,尼罗河和尼日尔河是由一个湖泊诞生的。1858年,探险家约翰·斯皮尔曼确认了这一真相。他是第一个发现这个湖泊的欧洲人,他也称之为维多利亚,并认为此湖就是河流的源头。正如人们传的那样,多年后这些引起了英国探险家大卫·利文斯通的兴趣,他像个疯子一样冒险进入那些在大雨时不适合进行探险的土地。疟疾,以及它永远的伙伴——无法控制的痢疾,在一个完全缺乏药品的时期对探险家来说是致命的。

令他深感悲哀的是,大卫·利文斯通,一个纳贝兹从未承认有兄弟情谊的人,将无法到达神话中尼罗河的源头。这条河流和这片土地让利文斯通想起了姆普卢卡在赞比西高地猎杀大象时所拥有的令人惊叹的身材和黑皮肤。对利文斯通最忠诚和最信任的人:楚玛和苏西,他们也是利文斯通探险中仅存的合作者,将把这位探险家的心脏埋在一棵大树的根部。然后对尸体进行防腐处理,再把尸体运到桑给巴尔岛,最后运到英国,埋在威斯敏斯特教堂。那里与路易莎和姆普卡的幸福之地相距甚远,这对夫妇与大卫的其他仆人都是奇尔下游地区马科洛洛的创造者。这对夫妇唯一的儿子,在年轻的时候,与年轻军官若昂·德·阿泽维多·库蒂尼奥指挥的葡萄牙军队的激烈战斗中死去。他死于被称为"平定"的时刻,这个术语在世纪之交之际、在外邦人的生活中不被理解。这将使他们永远与殖民主宰捆绑在一起。英国人的记忆将随着时间的推移在马科洛洛人的历史之火中逐渐熄灭。然而,为了大英帝国的利益,这段历史仍被保留在了强制同化黑人穿西装、打领带的书籍中。

从她父母的家里,路易莎将亲眼见证葡萄牙人从奇尔河下游匆匆撤离。她不知道这是英国对葡萄牙最后通牒的结果,但她将通过其他声音和更切实的用语了解到:赞比西河谷沿岸土地的葡萄牙语将不再用于奇尔河谷,因为该地区到来的新主人传播另一种语言,并仍保持白人与卡菲勒斯(当时在这些土地上流行的术语)的婚姻关系。路易莎在马科洛洛人中受到尊重和钦佩,她将快乐地死去。对于后人来说,她的长卷发会被保留下来,因为疗愈师会将其用作驱魔行为中探测邪灵端倪的工具。

塞琼加推断:"是他带走了路易莎。"

"不,是利文斯通的一个手下。"坎巴穆拉用拖长了的声音,提到那不愿出现的过去的伤疤。

"为什么要保密呢?"

"她是你父亲想要保护的孩子。"坎巴穆拉告诉塞琼加。在纳贝兹的儿子中,塞琼加是最强壮、眼神最活泼的。他习惯于使用阿卡特姆猎斧和古古大,他的手上有突出的老茧。丛林生活并没有使他的肤色变黑,而他肤色在阳光下依然清晰闪亮。狩猎锻炼了他的肌肉,活跃了他的思想。

"这就是沉默的原因?"

"一个人绑架了王室之人却没有被惩罚。"

"纳贝兹难道没有办法报仇吗?"

"他让利文斯通平静地离开了他的土地。"

"事实上,这并不怪他。"

姆普卢卡说,"烟到哪里,火就到哪里。"他也加入了谈话的行列。

"在人们的眼里,白人利文斯通应该为降临在这片土地上的悲痛负责。"

"绑架两周后,两名阿奇昆达人和女奴被处决。"

"可怜的人。"

"他们负责照看你妹妹的起居,但夜晚蒙蔽了他们,马卢卡的动作更敏捷。"

"罪魁祸首是他的主人。"塞琼加说,"马卢卡是属于利文斯通的人。"

姆普卢卡说,"利文斯通是一个有原则的人。我喜欢他。他了解这块土地……他爱人……"

"但他打破了主人的规则。"

"他被出卖了。"

"所以他应该领罚,向纳贝兹忏悔,把路易莎还回来,但他没有。"

"他是一个旅行者……"

"一个了解规则、了解我们的生活方式的旅行者,姆普卢卡!但是,他了解土地和人们有什么用呢?"

"你是对的……应该派出使者……但直觉告诉我,他很晚才知道马卢卡的背叛。"

"这不是借口。"

"是的,这不是借口……"

"你在重复我的观点。"

"在地行走的麻雀有时也会跌入陷阱。"

"这就是为什么绳子必须绷紧。"

"斗嘴没有用。"坎巴穆拉说。

"马卢卡是利文斯通的亲信。"

"女人,男人……"

"路易莎不是萨利卡,姆普卢卡。"坎巴穆拉笑了。

"她又不是我妻子。"他反驳道,明显地被激怒了。

"谁是萨利卡?"塞琼加问道。

"姆普卢卡的一名妇女。事实上,她是……"

"我的,不……"

"她做了什么?"

"她是一个通奸者……不忠的女人。"

"发生了什么事?"

"她羞愧地逃跑了。"

"如果那是耻辱的话……"

"每个通奸者都会感到羞愧,但这个跟路易莎有什么关系?"

"这只是姆普卢卡的一个玩笑。"

"……我希望她无论在哪里都会快乐。"

"谁？萨利卡？"

"路易莎。"

"她就是为快乐而生，塞琼加。那笑声、那眼神，让你父亲陶醉。她在阿林加中传播美丽。"

"我困惑的是纳贝兹竟然没有派人追赶车队。"

"你的父亲，在内心深处，理解他女儿的爱情和冒险之火。"坎巴穆拉说，"当他们把路易莎失踪的消息告诉纳贝兹时，利文斯通的人已经走了一个上午了。但是我们对这块土地的了解无人能及。他们是外国人。但你父亲不想追她。他要求这些人不要管白人利文斯通的商队。"

"姆普卢卡说，他无法相信发生的事情。"

"在他的内心深处，纳贝兹确信他的女儿会忏悔地走到她父亲的身边。这种误判使他下令处决了路易莎的女奴男仆。那是不合时宜的，是一种报复。路易莎的名字从此在王室里不再被醒着或睡着的人说起。"

"那是一种巨大的痛苦。"

"只有马库拉才能让你了解你父亲的痛苦程度，他们一直都很亲近。"

"他再也没有和我的其他姐妹一起玩过。"

"他变得很粗暴。"

"但心仍然是开放的，还软化了姆普卢卡……受伤最深的是恩福卡。"

"她失去了我的两个兄妹:路易莎和伊格纳西奥。"

"这很难。但纳贝兹,他作为一个父亲和一个国王,遭受了更多的痛苦。他后悔没有追赶利文斯通的商队,而这给他留下了不可磨灭的伤痕。"

"它削弱了他。"塞琼加喃喃道。

"他从不认为情感的火焰是令人陶醉的。他不是一个感情用事的人。他把世界分成了不同的部分,各个部分并不混合。他从来没有想过,一个还未成年的女儿会有勇气抛弃家庭,和一个男人一起私奔去内陆地区冒险。"

"这也是我们成为男人的原因。"

"国王是高于普通人的。"

"我的首领。"姆普卢卡说。

"有时看看远方,才能看到云彩。"

"你是对的。"

塞琼加说:"撇开这些不谈,纳贝兹拥有一个幸福的生活。"

"他拥有一个男人所能向往的一切。"坎巴穆拉抢先说道。

"现在我们只需要等待。"姆普卢卡说。

"他会再来的。"

"为了没有快乐的生活。"

"你想得太多了,塞琼加。"

"神灵比肉体更痛苦。"

怀疑是塞琼加的本性,因为猎人的习惯让他学会了四处嗅探,仔细侦查空间,寻找线索,关联假设。当他的父亲把来自赞比西河以南的著名植物学家和灵魂疗愈师查图拉带到王室时,预示着王国将笼罩着一片灰色的云彩之下。纳贝兹从著名的内古巴卢梅那里了解到,马卡玛药品的专家。那药是为王室准备的补救措施,是把对土地和人们的永久控制权授予其宗主。多年来,纳贝兹一直在尝试打破这一假设、处处质疑尼昂嘎的能力。尼亚津比尔是一个值得信赖的尼昂嘎,是他父亲在巴鲁埃的土地上招募的人。当时他正经过宗博高地,在用耳骨的占卜测试中,许多声称了解马卡玛的人都失败了。尼亚津比尔是纳贝兹信任的私人医生。纳贝兹相信他讲的关于土地状况的话语。纳贝兹还相信一些人,他们是当地的祈雨者、祖先神灵在地的祭祀者:穆巴拉。但纳贝兹更信任向尼亚津比尔的建议。王室的许多事务都是由他来宣布。据说,因为一些原因,也为了避免不必要的争斗,姆阿纳曼波马库拉·加农加将他的意见提交给尼亚津比尔把关。疗愈师的话语在王室有很大的价值。因此,当查图拉想通过占卜仪在王室中站稳脚跟时,塞琼加试图警告他的兄长。

"你的时代即将到来,莱法索。纳贝兹正在为死亡做准备。"

"我会睁大眼睛留意时机的到来。"

"即将到来的是非常黑暗的乌云,兄弟。"

"王国不会崩塌的,塞琼加。"

"愿神灵听到你的声音。"

"他们保佑着我。"

作为一个年轻的梦想家,莱法索对他的兄弟阿达利亚诺没有表现出任何的同情心。阿达利亚诺是位猎人和流浪者,是莱法索同父异母的兄弟。因为狩猎和贸易活动——即国家存在的原因——莱法索并不感兴趣。在古外罗,即进入成年的启动仪式上,他很少注意与狩猎和贸易技巧有关的活动。他逃避体育锻炼、搏斗训练和狩猎。他擅长设置陷阱,经常兴致勃勃地捕捉大大小小的动物。但他的最爱、他生命中最大乐趣是进入铁砧的世界,呼吸燃烧的铁烟。他花了一些时间与若昂·阿尔法伊和泰戈一起制作饰品,例如有狩猎图案的手镯、蛇形项链和有着树木和水果轮廓的耳环。他对饰品制作的热情使他与其他沉迷于制造古古大、火药、阿卡特姆锄头、长矛和刀子的商人们隔离开来。这些东西在有利可图和对象牙需求日益增长的经济中用途更大。成年后,莱法索全身心投入制造铁质和木质的物品中,其中很多都只是试验材料。纳贝兹对继承问题并不关心,他赞同儿子对王室事务的疏远,说时间会赋予他儿子智慧,他的儿子会继承他的。

"趁着树还小,有必要扶直它。"马库拉·加农加回答说。他对莱法索在雕刻小动物时的长时间沉默感到担忧。

"即便公鸡不叫,太阳也总是会升起来的,马库拉。"

"这就像做好了一口锅,然后把它扔掉。你必须使用它,让经历火的考验。"

"我了解我自家的情况。"

"即便如此,我们有时会忘记,母鸡也会难产而死。"

"龙生龙凤生凤,加农加。"

"一条好腿,才能踢出力道。"

"以柔克刚也是有的。"

"每个人都最了解自己的情况。"

"一派胡言。"

这就是纳贝兹为自己辩护的方式,以对抗对莱法索疏远王室事务而得到的越来越多的批评。纳贝兹担心他的长生不老药马卡玛,并不太理会针对儿子越来越多的批评,而他的儿子莱法索在雕刻艺术方面变得异常活跃。在塞琼加的眼里,国家的未来越来越暗淡无光。对他来说,他的弟弟莱法索并不适合从事王室事务。他的母亲早就告诉他：他——塞琼加，才是解决王室事务的合适人选。

"你哥哥生来就是数星星的，塞琼加。"

"我没有话语权，恩福卡母亲。处理王室事务的合适人选是阿达利亚诺。"

"那是纳贝兹第三位妻子的儿子，他永远不可能继承你父亲的事业。"

恩福卡被自己作为一个女人和母亲的沉默所包围。她对她不在身边的孩子们鲜少交流。塞琼加，她的第三位幸运儿，总是忙于打猎，没有什么时间留给他的母亲。当他们见面时，对话总是短暂而迅速，随后便是几天甚至几个月的沉默。莱法索，离母亲距离近些，通过提供代表马果阿的雕塑与他的母亲对话，马果阿在当地语言里是秃鹫的名字。他喜欢那些成群结队的动物。当尸体在大草原上散发出腐臭的气味时，它们便会发出嘈杂的叫声。他雕刻的铁秃鹫和木秃鹫与纳贝兹土地上大量存在的物种连帽秃鹫很相似：粉红无毛的头颅，通体被褐色的羽毛覆盖。

人们认为他好似一间没有屋顶的小草屋，最初很少有人去了解莱法索与死亡、不祥之兆和与哀悼相关的动物的关系。对莱法索来说，秃鹫很难被大众所接受，但却是尘世杂质的净化器、是抚慰自然的生命，是把腐烂发臭的肉体的自然气味还给大地的物种。没有人注意过他的白日梦。然而,大自然犯了一个错误:给安斯康加的土地带去了胡兀鹫,一种典型的山地物种,头部和颈部有羽毛的野兽。这些细节在它们来自大草原和其他干旱和半干旱地区的表亲身上并没有体现。莱法索认为这些野兽是精英,因为它们几乎只吃骨头,并从中提取骨髓。它们的颈部不是光秃秃的,因为它们并没有把头和颈部都伸进尸骨中。它们是天选之子,莱法索说。在新奇的惊喜之后,便没有人在乎此事,因为他们觉得自然界向他们提供来自其他纬度的物种是十分正常的。就像很久以前黑猩猩的到来一样,它们惊动了数百只狒狒。它们面对新物种,时刻保持着警戒。尽管黑猩猩并不想争夺领地,因为它们认为自己是少数的、走失的。它们真正的栖息地位于大湖地区,而不是阿鲁安瓜谷地——这里是狒狒的特权区,因为陆地上没有它们的竞争对手。阿鲁安瓜谷地还生活着很多树栖动物,但狒狒更喜欢在陆地上活动。黑猩猩也是如此。陆地空间的紧张气氛油然而生:黑猩猩们悄悄地到来,然而,没过一会儿就都撤走了,这才让狒狒们最终松了一口气。

起初,莱法索的赞美之词听起来像风。但是,当胡兀鹫(又称骨裂鸟或山兀鹫)在一个相对较长的季节里安营扎寨时,不安的情绪又占据了上风。因此,莱法索的话开始被人们采纳。他可能是对的。他们说,让我们重新解释一下他说的话。

人们被这个新事物吓坏了,他们把未知的食腐动物的存在与严肃的警告结合起来。即随着不诚实的、不尊重世俗既定规则的越来越多的猎人的入侵,他们将会给土地带来永恒的不幸。著名的首席疗愈师尼亚津比尔刚刚对查图拉进行了马卡玛方面的指导。他认为食骨者的出现是未知神灵对纳贝兹转世为阿奇昆达之灵的赞同。为此,他利用自己的威望,试图安抚最多疑的神灵、最脆弱的灵魂和最不具选择性的耳朵。食骨者是大自然的祝福,是远方神灵的问候,是接受一个白人转变为黑人神灵的保护者。是这位白人给了黑人土地和安全。他会这样对王室里的人如此讲述,以便向奴隶和一般民众传递信心。他补充说道,像这样的动物并不是来自在酷热中人们不穿衣服的地方,而是来自寒冷和白沙迫使人们穿着不舒服的、阻碍他们步伐和语言的衣服的地方。这些马卡玛不是我们的,它们来自远方,来自微弱阳光的土地。为这些来访者欢呼吧,它们不会寻找死人的肉体,而是寻求白人的骨头。纳贝兹的守护之灵将留在我们中间。无论是上午还是下午,无论是雨天还是晴天,食骨者都立在王室阿林加的围墙上,仿佛在等待品尝白人纳贝兹的骨头。

纳贝兹不愿意接受尼亚津比尔的理论。他一生中从未见过山秃鹫,他也从未想象过会遇到脖子有羽毛的秃鹫。当远离王室关注的耳朵,仅他们两人时,纳贝兹向尼亚津比尔坦白,他在白人的土地上从未见过这样的秃鹫。对此,尼亚津比尔反驳道:占卜仪很准的,尤其是占卜出有白沙的土地,穿着兽皮大衣的人们以及石头房子。房子,这一点,尼亚津比尔,没错,是石头的。山区的白沙已经出现,季节性的寒冷也愈发强烈,这些占卜仪都是对的。但是关于秃鹫……这件事,纳贝兹,要看你是否认为白沙只应该覆盖你的阳台和你祖父母的阳台。占卜仪说的是高大而遥远的土地。很可能人们没有接受过航海训练,是因为他们在陆地边缘没有海。这些马卡玛虽然并不了解大海,也不涉足燥热的土地,但的确是作为来自寒冷和高处的祖先的标志。马卡玛在这里给你们提供力量。当你们想把自己变成一个守护神,马卡玛将停留在黑色的皮肤上,或在姆邦多罗之灵的血肉里。姆邦多罗之灵会在你的猎场里,在偷猎者仓皇逃跑的夜晚,发出满意的吼声。尼亚津比尔这么一说,纳贝兹对占卜仪的预言感到满意。"我现在对继任问题不大关心。""你错了,纳贝兹。莱法索必须学习王室的基础知识。为此,你和马库拉、奇蓬达和泰戈等人将保护他,使他在与邻近王国和潜伏在我们土地上的奴隶猎手打交道时不至于失败。危险只会存在于王国考虑其他人继承王位，纳贝兹。他的母亲也会遏制偏差的。""一个疯子的死亡从来不会影响到王室，尼亚津比尔。""我希望如此，纳贝兹。"

"休息一下吧，塞琼加。"姆普卢卡说。

"我想起了莱法索和秃鹫。"

"你是第一个注意到食骨者的人。"姆巴姆拉插话道。

"是真的……它们不是来自你祖父母的土地吗，姆普卢卡？"

"我离开那里时还很小。我从没见过它们。"

"它们是种奇怪的动物。"

"以骨头里面的骨髓为食。"姆巴姆拉说。

姆普卢卡说："这就是为什么它们不会变脏，也没有异味。"

"它们为其他动物清洗骨头。"

"你可以相信尼亚津比尔的话。"塞琼加说。

"姆巴姆拉说，它们正在等待纳贝兹的遗骨。"

姆普卢卡问道："可是，为了什么呢？"

"肉体有颜色。灵魂并没有啊。"

"它们是为了白人的肉而来吗？"姆普卢卡问。

"死在这里的白人的灵魂会回到他们的土地。但纳贝兹的并不会回到他的出生地。"姆巴姆拉说。

"然后呢?"

"它们为肉体的残骸而来。"

"遗体不会被埋起来吗?"

"我们将挖出遗体。"

"你在编故事,坎巴穆拉……"塞琼加说。

"我编故事有什么意思呢？尼亚津比尔都已经解释过了。"

"你的意思是说,秃鹫会等待骨头的到来?"

"如果它们离开了,它们还会在挖遗体的时候再来。他们是鸟,姆普卢卡。它们来了又走,走了又来。"

"坎巴穆拉,"塞琼加说,"骨头上不会有肉的。"

"之后,查图拉才有发言权。"

姆普卢卡说,"到目前为止,查图拉什么都没说。"

"查图拉只和尼亚津比尔说话。"

"他们互相了解情况。"

"但可以肯定的是,秃鹫会弄断纳贝兹的骨头,并且从这里消失。他的遗体很可能会躺在特定的树林里,不被下葬。"

"连帽秃鹫将接管遗体。塞琼加说,不下葬国王的遗体是一种犯罪,姆巴姆拉。"

"你是对的……跟你说实话,我从来没有参加过国王的葬礼仪式。我和你一样都是两眼一抹黑。"

姆普卢卡说道:"现在你才说。"

"查图拉有最后的决定权。他会解释食骨者的存在。"

"他是一个奇怪的人。"坎巴穆拉说。

"是的……他很奇怪。"塞琼加说。

雨水开启了王室的早晨。几个小时的时间里,雨水落在了树冠交织的缝隙之中,悲痛人们的哭声响彻阿林加广阔的土地。水帘从房屋屋顶上翻滚下来,在湿滑的土地上发出沉闷的响声,从深褐色的色调中渐渐变成了黑色的泥浆。泥浆蜷缩在穿着服丧的班达兹尤家奴的脚踝上。令许多人惊讶的是,在宣布纳贝兹的死讯后,猎狗们停止了吠叫,夹着尾巴,一副错失猎物倍感失落的样子。它们占据了麦萨萨的空位,那些地方是众所周知的聚会和休闲场所。邻近王国的长老们也会在那里谈古论今,他们预计随着这位给赞比西河和阿鲁安瓜河沿岸地区带来和平与和谐的白人国王的离世,日子会越来越难过。

在树冠之下,在树叶和树枝之下,几十个男人们、女人们和孩子们都顽强地冒着风和雨,他们想让自己的眼睛和耳朵都出席生命赋予他们的第一个、也是唯一一个葬礼:赞比西河上游地区第一个白人国王的葬礼仪式。十到十五人一组,人们围着树木,目光凝视。雨水并没有把它们从阿林加那些不舒服的位置上移开。一些普通人意识到他们在国家历史进程中的次要作用,即使浑身湿透,也一言不发,不急不躁地看着眼前湿漉漉的一切。他们知道纳贝兹正准备在肉体死亡后延续他自己的存在。他们知道,许多著名的疗愈师尝试了很多补救措施。著名的疗愈师查图拉因为马卡玛药物被选中。查图拉在未看诊之前,疑虑就笼罩着他。他担心白人脆弱的、无法抵御太阳猛烈光线的皮肤。他的皮肤总会在阳光照射下发红,好像是在抵抗,在神灵上保护灵魂的夜间丛林中抵抗。他们很难想象一个白人以其突出的才能为他们服务;随后,作为一个神灵实体,在由不确定因素构成的动荡生活之中,牢牢把控着生活的缰绳。他们对古老的神灵能否接受一个生活在真实身体里的灵魂表示怀疑。纳贝兹像他种族中的其他人一样,乘坐大帆船来到黑土地。他们顶着呼啸而过的海风,拉拽着船帆,带着藐视海洋的叛逆精神,用大炮和火枪的力量登陆上岸。那巨大的响声震聋了早已习惯热带动物自然的吼叫声、咆哮声、嗡嗡声和口哨声的丛林。丛林不得不面对那些疯狂的长发男人的野心。他们毫无羞耻心、肆意地屠杀大象、鳄鱼、狮子和豹子。他们用很小的物件交易毛皮、象牙和黑人。那些黑人的身体光泽发亮。他们惊讶地看着镜子里反射出的黑人的脸,他们对其嘴唇和鼻子的不寻常尺寸以及鼻孔内的血红色感到害怕。古老的神灵不会与居住在肉体里白色种族的灵魂共处的。这个种族在内陆地区建立起了祭坛,并用一种奇怪的语言祝福和祈祷,那是他们的一种日常交流的语言。他们胁迫性地邀请黑人离开他们的神灵、圣树、占卜者的占卜仪,并要求黑人向一个在曾生存在地球上的、长袍覆盖至脚踝的神灵代表行难以计数的屈膝礼。他们说,他们的神灵存在于纸上的文字中,而不是像我们的神灵,存在在声音里。那些声音是疗愈师在与生命对话时,进入狂喜时所能听到的。我们怎么能相信这个白人想成为黑人的神灵呢?怎么能在无和谐共处的情况下,与数量和重要性都在消失的土著种族共存呢?特别是他的同胞们还在通过武力招募妇女和男子,然后把他们拖向大海、送上船、带到另一个世界。在那个新世界里,他们得重新开始破译星星,命名新树木,品尝新水果,吞食其他食物。

旧的和新的神灵都不会接受在语言和习俗上变成黑色的白人神灵;他们不会接受的。因为白人神灵永远是慈悲万神殿的入侵者。那么,愤怒的白色之灵将会在夜晚徘徊,就像一个被拒绝的、受苦的灵魂;而我们将承受一个没有归宿或没有可附着身体的灵魂的痛苦。我们会有许多不眠之夜,因为我们会感到有一个灵魂在审视我们可怜的心灵。在白人的生活中,他相信疗愈师提供给他的马卡玛治疗,这些药物只会保留给在世配得上的子孙。

我们才是遭受这些企图将纳贝兹的神灵转化为姆邦多罗的人!从未看到过,在这些土地上,白人神灵在今世和后世中得到延续!面对一些人的反对,不过分质疑的人们说:我们再等等吧。有些人认为查图拉疗愈师延续纳贝兹之灵的壮举是不慎重的。他们说,风暴雨已经在路上了。然而,这些谈论和对话只限于普通人的圈子,并没有以同样清晰的程度到达王室。当这些话慢慢传到王室时,它们已经掺杂了太多大众想象力所能企及的最不吉利的味道和形象。

近在咫尺的鼓手们,对普通人的闲言碎语视而不见。他们在篝火周围一边默默地温暖着他们的鼓皮,一边在门廊宽阔的露天阳台上抽着烟,看着雨点落下。也就是在那里,年轻人在入会和做学徒的时候,坐在那里听各种有关打猎和格斗的故事。

强烈而持续的降雨一直伴随着那个灰色的早晨,奇蓬达·马坎加在搬运工和阿奇昆达的陪伴下,走进了阿林加的大门。他顾不得向他的副手们发号施令,也顾不上换掉湿透的衣服,就匆匆走向大房子。马库拉·加农加、尼亚津比尔、麦斯理泰戈、继承人莱法索、负责动物的吉利·恩多罗和使库阿查等人正在大房间里守夜。守灵室又宽又长，大部分的家具都被拆掉了。在装饰着狮子、豹子和瞪羚防腐头颅的墙壁周围，摆放着椅子和铺在木地板上的毛皮。随着奇蓬达的进入，年长的人站了起来，走向一个相邻的房间。

阿达利亚诺卸下背包，冲去拥抱他的母亲。母亲顿时泪流满面。当苏娜想离开这个已经成为亲情舞台的房间时，被恩津加的声音阻止了。

"留下来。有消息了。"

"谢谢你，恩津加。"

"时代在变化，妈妈。人们感觉不到平静。"阿达利亚诺走到床前说道。雨滴滴在向阴天敞开的窗户边缘。有几只鸟儿敢于在中强风的吹拂下飞向天空。武装猎人们从兰巴人和比萨斯人的土地上下来寻找象牙和奴隶，阿达利亚诺继续说，他已经坐在母亲的床上了，一点也不关心打猎时被淋湿的衣服。穆库拉·马库斯叔叔在支撑整个王国。但他在遭受来自山区和森林人们的痛苦。他四处谈判，仍在坚持着。他给了我一袋来自赞比西河源头的珠子和布料。我想你会喜欢的，妈妈。

"告诉我更多快乐的事情，儿子。你父亲的死已经够悲惨了。"

"是啊,他的痛苦一点点加重的,对吗?"

"的确是这样。骨头开始断裂,我的儿子。"

"太痛苦了!"

"但他抵制住那些苦楚,他总是充满希望。"

"是的……他抱有希望。"

"说说家里的人。"

"大家心态都挺平静的。葬礼何时举行?"

"明天。"

"我必须去大房子。"

"换上你的衣服,孩子。"

"我这就换。马上换。"

在不知不觉中,他哥哥安东尼奥的形象短暂地闪现过他的脑海。他会有什么感觉?他问自己。阿达利亚诺万万没有想象到安东尼奥·埃斯克里旺已经在克利马内定居了,还娶了一个血统卑微的混血女人。因为他在业余时间找不到其他工作,只能在城郊放养他的小羊群:三头母羊和一头公羊。大约在那个时候,随着曼波的病逝,他已经见过伊格纳西奥十几次了,并因其礼貌的态度而敬重他。伊格纳西奥是一个典型的年轻学者,他说他自己是太特人,是一个土地主的儿子。埃斯克里旺从未想过这个年轻人竟然是他的兄弟,尽管他认为他们长得相像,因为两人都有非常沉稳的神情和目光,但他们生活在不同的世界里。埃斯克里旺作为一个辅助职员,生活在海关办公室里,每天填写进货和出货的账目,并用他那变色龙一样的方式回信和接待公众;伊格纳西奥,更加世故,行走在地势多样的世界里,测量土地和绘制地图,用于商业腹地空间的拓展。在克利马内逗留期间,伊格纳西奥从未意识到埃斯克里旺的致命存在。安东尼奥·埃斯克里旺已经结婚了,一心想着给家里存钱,有着职业公务员短暂而虚幻的快乐,他不再对曾经追求的衣服和头发投入关注。他并不出众。他也没有教父教母。他只是克利马内创造和培养的贵族丛林中的另一个混血儿。

在为数不多但不断壮大的、充满了欢乐的多纳人圈子里,在克利马内镇周围的小庄园里,到处充斥着东方的香料、水果和非洲糖果,以及与鼓的节奏相协调的歌曲。鲜艳的布条点缀着花花公子们的身体,给白人、加林那人和贵族们带来了节奏和欢乐。柔柔微风的夜晚,他们不被棕榈树所柔化的闷热所困扰。在这样的环境之中,安东尼奥·埃斯克里旺虽没有太多空间进行社交活动,但他经常参加混血儿的聚会,即便身处从属地位。他并没有冒险公开表现出强烈的性欲,因为他已经订婚。在收集的和被揭示的经验中,安东尼奥和伊格纳西奥享受着未知的大海。那是对舰队、机动船、军舰和其他客船和渔船开放的大海。在克利马内无法享受到这种普通的景象,因为该镇被缓慢移动、蜿蜒至大海的河流包围着,只能从该镇周边的房屋和远处的环境中看到一点大海。

无论是因为很难衡量的距离还是人为因素,事实是,伊格纳西奥和安东尼奥就像许多人一样,没有收到他们的近亲,也就是他们的父亲死亡或病重的信号,而这些信号有时可能在他们的梦境或可疑的偶然事件中漏出过端倪。安东尼奥,在没有父亲监护的情况下出生和成长,在他的身体和精神上都没有感觉到不祥的迹象或预兆;但伊格纳西奥,时不时地记起阿林加王室、他的兄弟、他的父亲和母亲,感知到召唤声以及一些悲哀的预兆。

当阿达利亚诺正在换衣服并向大房子走去时,伊格纳西奥正在用与地形学和地籍学有关的不重要的行政服务草图来填满一个异常炎热的早晨。测量和土地登记办公室位于城镇里靠近码头的位置,坐落在一座单层建筑内,那里的地基高出地面约一米,用白色砖板铺成,其房顶覆盖着赭石色的瓦片,与河岸边的公共建筑相呼应。这是一个坚固的建筑;越过离房子五米远的围栏后,就到了一共有七层台阶的、抗白蚁木材的门廊。露台很宽,有三个门分别通往测量和土地登记办公室、民政部门和其他援助服务机构所在的房间。在内院的尽头,有一座大房子正对芒果树巨大温馨的树荫,房子里有四个房间供客人使用。由于伊格纳西奥没有自己的家,他占用了大房子里的一个房间,另一个单身男子阿尔巴诺也住在那里。克利马内的许多混血儿把伊格纳西奥看成是一个有特权的年轻人,因为他可以住在为白人保留的区域,虽然他不是克利马内本地人。在老阿尔瓦罗眼里,伊格纳西奥是一个聪明而有教养的年轻人,与他的女儿伊内斯很相配。在青春期的伊内斯已经变得有些躁动不安。伊格纳西奥是阿尔瓦罗·布兰当家庭餐桌上的常客。

在父亲的祝福和青春期的躁动下,伊内斯和伊格纳西奥变得亲密无间。在老人的庇护下,并利用他的一些技巧和关系,伊格纳西奥逐渐打开了克利马内社会的大门。与众不同的是,对于村里的基督教家庭和保守家庭的内敛习惯来说,伊内斯性格外向,相当贪玩。在成婚前,年轻的伊格纳西奥就迫不及待地有了第一次性体验。在一年半的时间里,克利马内见证了这对年轻人匆忙的婚礼,不是因为他们想把激情限制在家庭的常规范围内,更多是因为女孩有了明显的怀孕迹象。当时他二十一岁,但他的命运并没有像他不知名的哥哥安东尼·埃斯克里旺那样被设定为传统的一家之主。在一次复杂的分娩过程中,伊内斯和孩子都死了。在里斯本的阿尔法玛的伊格纳西奥一直是个鳏夫,直到他生命最后的日子。但那是另一个未来的、不可预知的故事,在他父亲死后的故事。当时,伊格纳西奥与火热的伊内斯沉浸在恋爱之中。这种激情是如此的强烈,以至于这个女孩一次又一次地闯入这个年轻人的办公范围,用手势和微笑频繁发出邀请,就像她在伊格纳西奥对时间不再感兴趣的那个早晨发出的邀请一样。

哀伤的色彩在赞比西河上游的土地上重重地压了下来,远离明亮的阳光,远离无聊地走向大海的河流,远离码头上装卸商品的黑人,远离在土路上相互交叉的机器,远离不断繁茂的椰子树,远离伊格纳西奥面对伊内斯脸上洋溢幸福光芒时控制不住的笑容。那个肤色犹如檀香的年轻女孩,河边微风无辜地轻拂着她,退去了她手臂和大腿上的衣裳,扬起了她燃烧着的青春期般长而透明的裙子。

在哀悼的流程中,走步、手势、声音和歌曲占据了葬礼前夕。阿达利亚诺从旅途的疲劳中恢复过来,进入庄园,衣服被雾蒙蒙的渐渐小下来的晨雨溅湿了。塞琼加和其他的内古巴卢梅和搬运工正在抵达,他们在茂密树丛中开辟新的路线,为了让象牙不被运输出去。站在她悲伤的房间窗口,恩福卡想起了她引导穆巴拉的时代,那些召唤雨水和繁荣的灵媒,那是另一个鲜活的时代,而不是这个现代和冲突的时代。灵媒们引诱着她的男人,冒着把他变成恶灵的风险,让他冒险地走上了转世之路。一个不能与人的肉体同居的恶灵,因为它总会在驱魔行动中被驱逐。他将会变成一个无家可归的痛苦灵魂,在无辜的家庭中传播疾病和恶意。恩福卡很害怕,敦促不知名的祖先不要让格雷戈迪奥落在内戈齐河岸。她的手臂搁在卧室窗户的边缘上,对自己说,让他成为姆邦多罗,带来我们想要的和平。

萨琳达和玛莉德萨坐在国王第四位妻子马西塔的房间里,在不值得记录的对话间隙彼此交换了一下眼神。萨琳达,一如既往地激动,她试图平息那些阴郁的画面。与她的女儿卢克雷西娅和菲利斯米娜闲聊时,她的脑海中出现了关于纳贝兹将转变为一个无形的、专横的关税官员的想法。卢克雷西娅远离了母亲的哀伤和痛苦,她想到了何塞·德·阿劳霍·洛博,即未来的宗博的北部地区的马塔昆哈。最年轻的菲利斯米娜,在她的目光中依旧保持着童年面对哀悼声时难以置信的态度。阿尔贝蒂娜是萨琳达的女儿中最年长的一个,她被禁锢在丈夫的土地上的,她从丈夫那里得知了父亲的死讯。她的丈夫是比萨部落的国王和领主之一。距离使她无法回到王室。她流着泪,为父亲的逝世而哭泣,虽然她与父亲的联系很少。路易莎有点不舒服,在她父亲遭遇不幸的那一周,胃部的疼痛也困扰着她,路易莎试图用对症的草药茶来舒缓胃痛。她没有把困扰她的痛苦与任何不幸联系起来。后来,当她听说猎人们经过马科洛洛土地时,格雷戈迪奥就已经死了。她感到惊讶的是,她的灵魂并没有受到任何的困扰。这可以作为父亲原谅她的一个标志。她满足于这样的想法,以满足她远离家乡的灵魂。她的儿子叫大卫,当时五岁,他对祖父知之甚少。在大卫很年轻的时候,在与若昂·德·阿泽维多·库蒂尼奥指挥的部队发生冲突时,死亡就将他带走了。而库蒂尼奥这位葡萄牙人到了他退休年龄时,会非常自豪,因为他平定了帝国统治下的土著土地。大卫被抓捕,他无法抵抗库蒂尼奥的进攻,而库蒂尼奥永远不会知道,他在战斗中杀死了一个把文化融合和异族通婚当作自己的生活方式的同胞的孙子。

在克利马内的郊区,在晴朗的天空中逐渐升起的太阳下,安东尼奥的小家伙们在他们母亲的监视下,在即将扬花的稻田中玩耍,而他们一点也不关心沉淀在她自己身体上庞大的脂肪。安东尼奥被夹在他生活里的货物海关清单之中,对溅在他衬衫领子上的汗滴以及粘在他的皮肤上的湿气不以为然。上流社会的女士们撑着五颜六色的阳伞在林荫道上漫步,后面总是跟着微笑的姆卡玛家奴。仆人们赤膊上阵,在转运船上装卸行李。在每天的工作之中,在欢呼的哨声中,在拿着服从之鞭的领主们之间,装卸工们奔波劳碌。清晨在微笑,世界在转动。在阿林加,在树木周围,人们仍在等待,想象着各种情景。与纳贝兹关系密切的人在旁边的空间里交换了对这位国王的看法,而死者在那里被萨博维拉莱奥·姆普卡祭祀长看管着。云层开始变得更加清晰。雨势缓和下来。家奴在院子里转来转去,来回传递信息,同时他们向显贵们分发肉食和饮料。孩子们冒险走出了保护性的树冠。鼓声重新鸣起哀乐声。哭泣的歌声在门廊回荡。卡林巴琴的演奏者,那是一种具有安斯康加族特色的兰姆洛夫琴类乐器,通过金属叶片使其振动发出声响。清晨在哀乐声中活了过来。远近的吊唁者陆续来到阿林加。家奴们接收到了土鸡、山羊、羚羊、玉米和小米。仪式不缺食物和饮料。一些阿奇昆达人正在准备他们为纪念死者而进行祭祀的武器。其他阿奇昆达人对阿林加人的货物很是关注,轮流驻扎在树林里的铁器制造处。没有人能够穿越那片既代表战争又代表和平的树林。小型篝火在树冠下被堆了起来,树木好似也不再哭泣,只是在随风摇摆。家奴在各组之间分配肉食。声音在小圈子内响起。云层渐开,小束光漫射了下来。在王室阿林加的护栏上,带着玻璃般可怕的目光,山秃鹫凝视着人们。不时有秃鹫发出的叫声,人们更担心自己,很少注意那些食肉者。随着时间的推移,似乎动物和人们都习惯了这种等待。据说食肉者们等待着纳贝兹的骨头。据说,一个人在被死亡拥抱时,人与肉体、与神灵之间是和平共处的、不可分离的;虽然有战争和暴政的情况,但并非纳贝兹的情况,他想把他的肉体交给大地,把他的灵魂交给风、交给雨、交给大地以及天空中所有的物质和非物质事物。秃鹫则是为了其他目的,只有疗愈师查图拉才可以释放它们。那些弹奏都有些跑调的人静静地评论道。

在葬礼前夕将会发生很多事。众所周知,在哀悼的一周里,出生的人比死亡的人多。出于对死者的尊重,这一时期出生的孩子会被命名为纳贝兹或格雷戈迪奥。三千多名阿奇昆达人组成了纳贝兹的军队,据报道,在整个领土上发生的战斗中,最终有三十人死亡;这个数字并不重要,并不会引起连带的哭泣,但足以让人在未来的时间里想起为纪念纳贝兹而哭泣的情景。在最南端的边界,有两个村庄被猎奴者夷为平地,转运中的大象象牙被洗劫一空。男人和女人都成了囚犯。三四十名农民被猎人消灭了。负责安全的阿奇昆达人离得很远,而且他们沉浸在酒精和悲痛之中,没有进行反击。姆阿纳曼波马库拉·加农加的人,在酒精和哀悼的亢奋中,把两个村庄房屋被火烧的消息传递了出来。人口贩卖引起的巫术和疾病分别是火灾和死亡的原因。但是,所有边缘事件都与王室的悲伤记忆相关联。在当地的历法中,时间的划分变成了纳贝兹死前和死后。

这些葬礼前夕事件,使库阿查都记录在信中。在活人的世界里,在大众的记忆中,仍有回声,仍残存小的记忆碎片。在使库阿查看来,纳贝兹生活在他的时代。他用阿奇昆达父系社会的过往经验进一步加强了当下的社会形态。

……使库阿查写道:在格雷戈迪奥去世前的几个星期里,给我留下深刻印象的是脖子无毛的秃鹫。罕见而耐人寻味的是,这些动物不知从哪里来。令当地人惊讶的是,它们巨大而可怕的翅膀划破天空,在宫墙上寻找腐烂的、被丢弃的肉体。该物种极其罕见,人们从未在大草原的土地上见过。除此之外,在公众眼中,这种鸟类靠近村庄和其他人类聚集地,就是一个坏兆头。它们威严的气势,深沉而锐利的目光,让人联想到异教的神殿。每到早晨和下午,山秃鹫例行活动似的盘旋在宫墙顶上的阿林加。风和雨都没有打扰到它们那遥远的、不受干扰的凝视。它们高于圣歌、响亮的鼓声、绝望的声音和人类的感情。每个上午和下午,它们像神圣的和世俗的人物一样,在阿林加上空保持着严峻的沉默。傍晚时分,它们飞上天空,鸣叫着,翱翔着,有力地拍打着它们宽大而威严的翅膀。在午后失去蓝色的天空中,也可以看到和听到山秃鹫在天空中鸣叫、拍打着长长的翅膀,这些都叫人不寒而栗。这一景象引起了人们的好奇和沉默,因为这声音类似于来自地下深处的高亢尖叫。人们无动于衷,只是默默地看着,秃鹫带着它们的自然噪音消失在夜色中。一旦它们从人类的地平线上消失,人们就重新鼓起勇气对这些奇怪的鸟类进行评论。几个星期以来,这种事情循环往复。清晨,太阳还没有从地平线上升起,水气渐渐从树叶中散去,湿气从麦茬上流走,山秃鹫就会回到宫墙上栖息,每天详细观察着生命复活的迹象。

令我们所有人吃惊的是,连帽秃鹫这种与大草原开阔空间相适应的食肉动物,随着山秃鹫的到来就消失不见了。干旱时期,经常可以看到连帽秃鹫栖息在村庄周围的乔木和灌木的高枝上,窥视着痛苦的猎物,或啄食被旱灾击倒的动物尸体。在河床附近,它们会成群结队地飞过河道，猎取脱水的河马、被狮子撕碎的水牛或被干旱杀死的黑斑羚。随着山秃鹫的到来，本地物种迁徙了、消失了。对于连帽秃鹫的消失，人们还没有提出合理的解释。对于当地人来说，为了迎合尼昂嘎草药师的解释和长者的经验，连帽秃鹫是出于对未知表亲的亲切感，给那些游客礼貌地让了路。很可能是外邦人为了给连帽秃鹫的消失找一个更好的理由，他们婉转地希望对这种可怕的缺席赋予一个亲和的态度。连帽秃鹫就身体尺寸而言，与其他物种相比，算是一个小物种，它的尾巴很短，翅膀很大，适合滑翔，其身体羽毛呈深褐色，均匀分布。头部总是粉红色，没有羽毛。因有一个灰色的头罩儿得名。山秃鹫，羽翼更健壮，身体更复杂。我相信，在争斗中，连帽秃鹫会占上风，因为它们可塑性很强，很适应大草原的高温天气。但是，几个世纪以来，草原上的秃鹫与它们的山地表亲貌合神离、发生了分歧……

使库阿查不知道的是，在食腐动物到来的时候，骨秃鹫因为脖子上有羽毛，所以被认为是来自白人地区的动物，因为它们在皮肤的保护色很像使库阿查的长袍，那是披在他的微红身体上的、与白人神灵相连的象征。人们说，这些秃鹫只可能来自白人的土地，因为只有在那里，身体从颈部到脚趾都被覆盖着,就像带着不安笑容的使库阿查。当面对纳贝兹的手下不受控制的笑声时,人们说,它们是来寻找它们的人的。这个迹象表明了白人的神灵不承认他们的后代纳贝兹传承了在治疗尘世疾病和精神保护方面的黑色的神灵之声。它们向纳贝兹公开表明支持,白人不希望有纳贝兹一样的格雷戈迪奥。它们来寻找的不仅仅是骨头,还有姆邦多罗狮子之灵。它们是一种对查图拉的努力和对尼亚津比尔的祝福的否定。

如果强行留住纳贝兹的灵魂,那么,他将会变成为一个恶灵,他将摧毁所有分享白人血液的人。他将波及那些与他合作过的人以及其未来的一代。召唤而来的不满的白人之灵,会愤懑地将非洲神灵的万神殿夷为平地。人们偷偷摸摸地对家奴说要留意王室里的人。因为这些家奴一般会在王国最伟大的人们谈话时待在不起眼的地方,会向大众传达出王室的情绪。比舒们会把话语传到外面,就像普通的邮件一样。如困扰纳贝兹的骨病,说这种疾病是对白人神灵的警告。这好让纳贝兹只关注地上的法律,而不是灵性上的。沉重且绘声绘色的信息在王室里流传着。

对妻子们来说,这个消息显得更加令人震惊,因为如果她们不阻止纳贝兹的神灵转化,她们将遭受白色恶灵带来的肉体之苦。她们会与神灵附身的猿猴、狮子或豹子分享性爱之床。如果她们拒绝的话,就会有鬣狗在她们发出腐烂气味的小屋里出现。萨琳达无法忍受通过家奴传到她们这里的画面。她绝望地靠在恩福卡的肩上,流下了眼泪。

"我受不了了,恩福卡。"

"你必须放轻松,萨琳达。"

"我做不到。他们所说的不可能是真的吧!你能想象我要跟鬣狗分享我的床铺吗?"

"那只是故事,萨琳达。为什么他们不跟我讲这样的故事呢?"

"你是发妻。"

"不是因为这个,他们知道这就是个谎言。"

"那么,山秃鹫在阿林加做什么呢?"

"尼亚津比尔已经解释过了。"

"你相信他吗?"

"你的女儿们是被谁治好的?"

"是他。"

"你不再相信他的话了吗?"

"药品跟马卡玛不一样,恩福卡!"

"是谁警告过你关于你父亲重病?"

"是尼亚津比尔。"

"是不是他告诉了你,你父亲的死亡?"

"是他。"

"你不相信他吗?"

"我相信。"

"现在你不相信占卜的骨头和草药的价值了?"

"对我来说,这个时期很艰难,恩福卡。我和你不一样。我无法忍受人们的声音。我的女儿们一定认为我快疯了。"

"她们都希望你能树立一个榜样。而作为表率,萨琳达,你需要沉默,需要看到你脸上和身体里的宁静。不要再颤抖了。格雷戈迪奥很喜欢你。"

"我知道。"

"无论你在哪里,你将永远拥有你男人的怀抱。"

"一个将来自动物爪子的拥抱……我不需要那个拥抱。"

"人们只是通过图像比喻。"

"很多人都那么说,就变得很真实,恩福卡。"

"那只是你的想象。"

"你太固执了,恩福卡。"

"我和你一样。"

"如果你跟我一样,阿林加早就颤抖了。"

"不要再胡思乱想了。"

"我做不到。"

当民众希望通过非行政手段传递信息给向王室时,他们就会利用萨琳达。众所周知,这些信息会传到恩福卡耳朵里。而恩福卡,像其他任何人一样,会净化未经处理的流言。纳贝兹已经生病了,他感觉自己的骨头像枯枝一样断裂,但他并没有停止听他的第一任妻子所说的话。在王室卧室的暮色中,在整个性爱的海洋中,他们之间的对话始终存在。恩福卡利用她男人的倦怠,向他传达了民众的关切,而这些关切往往被官僚们清除掉了。转世是一个反复出现的主题,而他的立场是恩福卡在她男人生前中听到的最清楚的事情之一:

"在我的成年生活中,有一半的时间我都在品味我极力排除脑海的想法。另一半时间,最幸福的是这种想法在渐渐消失,但是我想让它超越肉体存在下去。有的人靠书本记忆,有的人靠口头记忆。我想在我的王国中的每一个时刻和每一个记忆中都存在。当人们不再知道纳贝兹的土地是从哪里开始,到哪里结束时,我才会真正死去,历史才会谢幕。我们将不再拥有我们的树木,我们的动物,我们的水。其他灵魂将在曾经的土地、民族、历史的废墟上书写他们的历史。查图拉告诉我,我们腐烂的夜晚将是迅速的和势不可当的。表面上不会留下任何东西来让人们记得我们的人制造了武器和火药;我们的记忆将被包裹在文字中,而这些文字不会包含太多我们的荣耀年华,被最多记住的是那些造成的死亡和战争。记着我说的话,恩福卡。使库阿查所要记录的不会有太大的意义,因为对人类的灵魂来说,起床、吃饭、跳舞、睡觉、生活和生育是很常见的。区别在于一个白人喝掉了黑人的血。恩福卡,我真正想要的是继续存在在这片土地上,作为一个保卫之灵。"

早上,人们在骨鹫的陪伴下醒来。数百只翅膀的拍打使阿林加陷入一片混乱。每个人都对新出现的物种感到惊奇。现在,它们不是穿越陆地的人,而是来自他纬度的动物。它们出现在这里,仔细观察人类的行动。恩福卡永远记得萨琳达经历危机时的最初反应,她要把她从那些震撼她肥沃而脆弱心灵的画面中移开是很困难的,因为萨琳达像其他人一样,表达了她的恐惧和欢乐。她就是这样,与众不同,尤其与恩津加非常不同。恩津加不善于与其他妻子们交往。据说以前恩津加还会与纳贝兹的其他女人花一上午的时间聊天。

当有谣言说格雷戈迪奥把奴隶苏娜作为他最喜欢的情人之一时,恩津加和恩福卡的关系就变得冷淡而疏远。

他们说,纳贝兹从恩福卡的束缚中解脱出来后,在恩津加和苏娜同意的情况下,就与她们同床共枕、进行狂欢。这样的传言得到了支持,因为恩津加几乎没有离开过王室的床榻。按照惯例,恩福卡不在王室的夜晚,妻子们会被负责家奴的吉利·恩多罗的手下,叫到国王的大房子去。但恩津加的情况不同,格雷戈迪奥会频繁地去恩津加的房间,这对恩福卡来说很奇怪。这些行为,显然在王室上引起了轰动。而恩福卡对恩津加的沉默和形影不离的苏娜感到不舒服。她认为她们之间肯定藏了秘密,而这个秘密却不在她的掌控范围内,这让她非常恼火。如果她知道,至少通过她们的坦白,知道格雷戈迪奥喜欢狂欢。那么,她就不会生闷气了。因为她的男人拥有真正的自由,可以做任何事情。现在,从第三方和王室中地位较低的人那里听到这些话,是对她作为王室第一夫人地位的侮辱。更为严重的是,格雷戈迪奥从未提过这样的事情。任何试图触及这个主题的行为,格雷戈迪奥都会拒绝。无论真实与否,恩福卡和王室的其他人都无法证明苏娜多年来是否一直是恩津加婚床上的协作者。联姻的促进者,著名的姆蓬达,他也从未解开过此疑惑的结。使库阿查仍然忠实于对忏悔的做法:保密。若昂·阿尔法伊,在格雷戈迪奥去世多年后,将与苏娜结婚,即使他关心琐事,却从不知道真相是什么。秘密悍然不动。

在格雷戈迪奥生病和死亡的时候,人们的流言蜚语几乎没有传到恩津加的门口。每个人都尊重她,也害怕她,因为他们知道她来自索里地区,而那个地区以疗愈师和巫医而闻名。人们与她的关系是克制的、谨慎的。他们担心不恰当的话语会反噬到他们的嘴里,让他们的舌头失灵,让他们像许多对王室大肆咒骂的人一样变成为哑巴。索里的名声总是伴随着恩津加。她的和善和她亲自为她的儿子寻药的事实,使她在主人和仆人中都得到了尊重。除此之外,格雷戈迪奥对阿达利亚诺区别与其他人的爱,被看作是另一种索里的巫术。尼亚津比尔尊重她,其他人为了避免冲突,尽可能地避开她。恩津加并不在意。阿尔法伊,越过恐惧的边界,接近苏娜,很快就成为她当下和未来的朋友,也是少数能给她带去欢笑的人之一。

事实上,围绕纳贝兹的故事并没有让恩津加担心。她知道纳贝兹的神灵不会干扰她的生活,因为她已经熟悉了转世的故事。面对既定继承人的事实,令她担心的是她儿子的未来。她知道与权力和兄弟都疏离的莱法索并不喜欢阿达利亚诺。阿达利亚诺和塞琼加之间的友谊使继承人感到不安。这情绪来自莱法索在讷达乐的童年,来自在古外罗青少年时期的学习,以及来自他不适应的、但他的兄弟们所熟悉的战士生活。梦想的世界,想象的世界,是为社区的老人和长辈们保留的,而不是为一个不能适应环境的、一个制造一些无价值物件的年轻人而保留的。

莱法索的存在是因为他是国王的长子。在正常情况下,他应该在大型猎物的狩猎中接受了生命的考验。因此,以一个忧心忡忡的母亲角色,恩津加在了解莱法索登基时的担心是合情理的。新国王会对他的兄弟们采取什么态度?他是否会接受他们作为自己的顾问?纳贝兹的神灵能否胜任阻止嫉妒诡谲之矛的任务?当权力的冠冕加持在主权者的头上时,喜欢星星的莱法斯索还会一如既往吗?这些都是悬而未决的问题……

纳贝兹曾向马库拉和尼亚津比尔倾诉,如果他必须选择一个继任者,他会选择阿达利亚诺,因为他能认清周围事物。他曾认为塞琼加能胜任,但他太保守、太传统了。塞琼加的目光并没有向正在逼近的血色地平线投去。然而,统治将经历另一个不同的时代;新的混血土著军队正在崛起;对奴隶的猎取将次于对象牙的搜寻;英国人和葡萄牙人对土地将表现出更大的贪婪。在这种情况下,只有熟练的外交手段才能保证王国的安全。"塞琼加就是当下,阿达利亚诺则是未来,莱法索是正在履行的传统。"纳贝兹说道。

……关于秃鹫的起源,以及大自然未赋予它们的无惧,还有关于它们无羞地在王室阿林加扎营而提出的假说中,有两种假说是最受人关注的。有人说它们来自白人的土地,如果人们了解地理知识的话,就会知道它们并不符合迁徙鸟类的条件。其他为数不多的一些人,想法更谨慎,说它们来自北方的山里,来自日落那一方的土地。后者更有可能。

但最耐人寻味的是秃鹫的等待姿势,秃鹫被当地人称之为马果阿。没有任何科学可以解释这样的现象:来自其他地域的秃鹫在观察一个患有骨病的身体。有时,当找不到合理的解释时,我更倾向于接受一些当地疗愈师的观点。他们说,莱法索痴迷于雕刻马果阿,那就是骨鹫到来的前兆。预示着他,莱法索,是天然的继承人。那些怀疑他能力的人们现在有了这种来自遥远纬度的动物的亲证。

莱法索被包括母亲在内的许多人忽视,他带着他的铁质和木头的雕塑过着隐居的生活。他身体瘦弱,步态优柔,神情淡漠而疏离。在泰戈的作坊里,他总是站在一个角落里,默默地工作,远离铁砧的声音、烧红的铁块的敲击声、实验中火药偶尔的爆炸声、麦斯理和学徒的声音以及交织在军事和手工工业的树林上方的鸟鸣声。我不认识他的朋友和女人。现在他要宣誓继承王位了,人们不得不为他寻找妻子,因为在此地没有国王会独身一人。

说实话,我从来没有跟着别人的调子走:我认为莱法索就像一个没有屋顶的小草屋。在阿奇昆达的世界里我可以看到他缓慢而精确的步伐,以及对周围事情极好的观察力和谦逊的态度。我把他看作是阿奇昆达棋盘上的一个小车。步子不长,但十分精准。他也逐渐意识得到自己的特权地位,意识得到自己作为继承人的高贵身份。在我们多年来的多次谈话中,已经成年并熟悉手工艺的他会告诉我,生活的色彩可以用肉眼所看不到的形式呈现。由于这种种原因,我开始意识到莱法索当国王时,一定会展现另一种形象……

……查图拉并不赞同我的观点。很可能当他看到我这个没有权力的白人在窥视与我无关的世界时,他对我感到厌恶,或者因为认为我仍然主宰着白人之神的秘密而感到恐惧。我们从来不和对方说话。在我面前,他假装我不存在。的确,在我在赞比西河谷各个地区停留期间,加那林人从未喜欢过我,尤其是我的传教士形象。他们觉得我们这些征服者的传教士在长袍之下必定隐藏着秘密。他们对用赞美诗和我们向不知名死者祈祷的语言天赋很感兴趣,对我们在每个角落的圣树(由不同大小的十字架组成)很感兴趣,对陈列在弥漫令人窒息的光线中的神龛很感兴趣。对他们来说,我们是流动的医者、神秘话语的推销者。这些话语被包裹在无聊的演讲中,包裹在我们信仰的,包裹在晦涩的圣殿里,包裹在向公认的小丑般的教皇行无意义的屈膝礼里。对他们来说,与神灵的接触是在较小的群体中进行的,没有声音和颂歌,以免吓退来自其他世界的声音。信仰与沉默共存,而不是与喧哗之声和激情的演讲共存。

"若根据他的意愿,你早就死了。"若昂·阿尔法伊说。

"我已经习惯了那些排斥的眼神。查图拉吓不倒我。"

"小心你的饮食。"

"时光不再。"

比起在晴朗的日子里出现闪电似的咒语的恐惧,更多的恐惧来在毫无戒备心的内室和其他什么地方。这就好像在阳光明媚的日子里,因为阴谋和恶意而杀害无辜的人。我害怕被毒害。这并不是说我对被雷电击到至死、不寻常的发烧、致命的腹泻、鳄鱼咬死的哺乳动物、不可预测的堕胎、正在发生的死亡事件或秃鹫地狱般的鸣叫不感到惊讶,而是我知道如何与那样的世界保持距离,如何召唤白人之神来保护我;当现实变成虚构时,福音书中的圣人会自动地出现在我的嘴边。但毒药，混在食物中的毒药，仍然是我最大的恐惧。

在问诊的几年里，若昂·阿尔法伊就是我的生命线，他自愿成为食物的品尝者。他说可以从服务者的手上和神情中发现是否有毒药，好让我感到宽慰。这一权宜之计并没有妨碍我向著名的口吃者咨询，以保护自己免受这种尘世的、来自本地人之手的邪恶。但恐惧从未离开我。它追随着我，折磨着我，骚扰着我。这个问题困扰了我多年，当我明确要在纳贝兹的土地上定居时，并抛开基督教使徒的法衣时，我才逐渐平静下来。因为他们把我当成自己人，我偏执的情绪也开始消散了。

事实上，我从来没有成为下毒的目标。恐惧感随着我在大大小小的王国的经历而沉淀下来。我看到无辜的人死于尼昂嘎为王室判决所准备的毒药，这是件很痛苦的事情。想象一下那些剂量的恶意出现在我的盘子里。我无法忍受这种痛苦。我记得有一个年轻的猎人，在遭受折磨后，痛苦地度过了四十八小时，我看着他的肚子被穿孔，在蝰蛇的嘶嘶声中，喷出绿色、棕色和黑色的黏液。我说，为了安慰自己，那猎人是无辜的，但没有人能够把他拯救出来。我不能仅凭一个咒语就怀疑一个多事邻居下肢瘫痪的原因。除了在他设置的陷阱中陪伴他的运气，猎人没有任何社会知名度。有罪的和无罪的都得屈服于这种制度化的、自制的毒药。这是最卑鄙的毒药,因为它是奸诈的、怯懦的。

生命总是悬在一线,疗愈师忙得不可开交。我是白人这一事实丝毫没有使我免受周围人奸诈和嫉妒的目光,尽管当地的灵媒接受了我。事实上,我在格雷戈迪奥的土地上比在赞比西亚腹地更自在。

"习惯我们神灵之树的沉默总是好的。"尼亚津比尔经常说。

"我的神在我的心里,尼亚津比尔。"

"这很好。因为在这里,格雷戈迪奥在土地上,没有放你神龛的地方。"

"我是他的公民和朋友。"

"神赐予你平静。"

"希望如此。"我说道,避免了冲突。我以自己的方式解开了心结,从日常的小嫉妒和阴谋中解脱了出来。

随着查图拉的到来,人们对我的不信任和蔑视的眼神变得更加明显。我在场时,查图拉不愿开口。他说,如果我一直在场,马卡玛就不会有任何作用,因为我带着那些早已从格雷戈迪奥身体里驱除的白人的神灵。我并不干净。对他来说,我是一个麻风病人,全身都有传染性的脓疤。尼亚津比尔试图安慰我,说查图拉不习惯生活在不同色屋顶之下,并和白人解读土著的谜题。我已经习惯了,我对我自己说要把查图拉在我面前似毒蛇的表情缓和一下。然而,我们从来没有交谈过。事实上查图拉并不是一个喜欢说话的人。他醒来离开阿林加时,黎明还未告别溪水。他会在森林里待上几个小时,然后前往河岸边,在那里他会戴着珠子项链、系着毛皮腰带,在一头茂密头发里插着鸟羽。他把脚浸在河里,用右手把河马的尾巴摆向河口,同时把小粉末扔进水里,嘴里喃喃自语,没有人听得懂,也是因为很少有人敢靠近查图拉待几个小时的地方。胆大的人们说,查图拉正在把格雷戈迪奥的白色神灵的存在痕迹归还给河流。下午和晚上,在每周两次的仪式中,查图拉会对格雷戈迪奥进行驱魔。尼亚津比尔低声对我说,查图拉恍惚之间说了一种奇怪的语言,当他念出这个词时,我立刻想到了弗拉芒语,一种遥远的语言,普通的葡萄牙人无法理解。很有可能格雷戈迪奥的祖先是荷兰人,因为航海家四处为家的现象是很常见的。我对他的神秘祖先感到奇怪,因为格雷戈迪奥从未与大海和船只相处融洽。他尚可接纳河流,因为他发现当挤在独木舟上时,河流对人们更仁慈;但当大海的怒火发作时,一切都是不可饶恕的。天空渐渐暗了下来,黑色而汹涌的水面被白色的、紧张的泡沫所覆盖。船只的桅杆和绳索在海浪和大风的折磨下嗡嗡作响。当波涛汹涌的水面上有很高的倾斜度时,海水侵入舰桥,根据风向,海水会倒灌进向右舷或左舷,这场景让身心都没有方向的人感到绝望。过一会儿,船只又会找回平衡。此时,船员们都松了一口气。但突然间,猝不及防,又迎风出现了一个非常高的浪头,浪头上还有白色的泡沫,连续不断地撞向船只;整个船在连续的撞击中失去了平衡。桅杆和吊杆都消失了,船首的斜桅和前甲板也倒塌了;一道闪电照亮了黑暗:船员们举着双手,有的跪在地上,有点躺在地上,向上帝祈祷,在无意义的喊叫声和哭声中请求怜悯。那些没有抓紧绳索、船首桅杆、船碇或其他更坚固的、可抗风抗水的物体和地方的人们,要么消失在黑暗的水中,要么受了伤,被吹向栏杆或绞盘,鲜血瞬间把索具、绳索和大帆船染成了红色。

当大海不再躁动时,疾病却在攻击人们。在四百多名乘客中,有三百多人患病。高烧使乘客们神志不清,导致一些人甚至想投水自尽。数百条人命终结于此。每个角落都传来怜悯的声音。那些无法忍受痛苦和饥渴的人们大声忏悔着他们可怕的罪行,神父不得不用手按住他们,让他们安静下来,并告诉他们要耐心等待着忏悔,因为上帝不关心公开的秘密。一个死在船头,另一个死在甲板上，每天有三到五个人死去。而大海，平静而安详，看着他们屈服于自己的疾病。

格雷戈迪奥无法忍受大海。他认为大海是不可靠的、乖张的。他更喜欢土地，因为它触手可及、全然不同于大海。

当他想起海上冒险的故事时，当他忘记了森林和大海一样邪恶和奸诈时，当罗盘方位错乱时，他说："如果说有什么地方适合魔鬼，那肯定是海里。"当我提醒他森林和大草原也为我们准备了骗局时，他就会用普通人简单而不容置疑的知识来反驳我——我们呼吸着同样的空气，生存的意义比海的无垠更宏大。

事实上，他喜欢内陆地区的空气。他喜欢在那里设置埋伏、推开藤蔓和灌木、翻开蛇窝，通过或新鲜或古老的脚印观察狮子、大象和豹子远走的方向。他喜欢设计陷阱，喜欢欣赏水牛在空旷的草原上雷鸣般奔跑的美景。水牛的跳跃和奔跑将瞪羚和斑马赶离了颤抖的大地，将鬣狗赶向了封闭的树林。鬣狗奔跑时还会发出逗趣的叫声。大自然唱着歌、闪着光，使恶魔浮不出水面，它带来几个世纪的和谐之音。

在他成熟的威严岁月里，格雷戈迪奥喜欢爬上树枝，靠在树干的枝杈上，看着太阳落在无穷无尽的绿色之上，然后消失在视线中;看着鸟儿在告别的咏叹调中潜入茂密的树叶中。他可以听到从远处村庄传出的鼓声,可以听到寻找食物的蝙蝠嘈杂的颤音,那声音好似在迎接即将到来的夜晚。河马从水里出来,走向牧场,如同史前的猪仔一样咕噜咕噜地叫着;狮子从漫长的懒觉中醒来;豹子在四处张望;瞪羚带着专注的耳朵,一小群一小群地跳着。夜幕带着萤火虫的光芒、干枯树叶的沙沙声、狮子的吼叫声,以及豹子间隔而空洞的叫声,悄然降临。"没有人能把我从这个世界上带走。"他带着自发而深情的微笑说道。而微笑突出了他脸上因岁月和猎象的不幸而留下的皱纹。他对生活的要求并不高。随着时间的推移,他对王国的稳定和人们的忠诚感到满意。在语言和通过思维奇逻(一种非洲版的欧洲牧师)对祖先神灵的呼唤中获得了属于自己的灵性。

现在,守灵的最后一晚已经开始,一千多名阿奇昆达代表大约四千名奴隶战士聚集在王室。在姆阿纳曼波马库拉·加农加副手的指挥下,接受纪律约束并按照各自管辖的区域分配。在这一前夕的上午和下午,马库拉会见并收到了阿奇昆达人所行的库肯加①礼,这是阿奇昆达人习惯的军礼,与葡萄牙军团的礼节相似。我来到此地时,军

---

① cuquenda,音译为库肯加,意思是阿奇昆达的军礼。

力已经有些变化了。许多阿奇昆达人喜欢腰部系皮带,穿牛仔短裤。这装扮在舵手中非常流行,也是这个阶层将这种时尚带到了内陆深处。从战士奴隶的形象上来看,散乱的头发上的羽毛、带有狮子和豹子牙齿的项链、铜手镯以及脸上和胸前的马卡如文身,这些仍是他们身份的标志。阿奇昆达普遍使用古古大,它是当地精心制作的武器,而燧发枪则是很少人或副将们才可以得到的。

其中我一直记得塞巴斯蒂安,一个年轻的萨奇昆达人,他是我在格雷戈迪奥土地上最初的向导。塞巴斯蒂安是一个充满活力的年轻人,他对语言的好奇心很强。现在他已经四十二岁了。七年多来,他一直在军事上控制着靠近宗博转口站的边境地区(三天路程的范围)。

格雷戈迪奥感到风声不对,就要求我在该地区待一段时间。他知道我可以更准确地观察到这个地区的商人、猎人甚至骗子的活动。另一个没有公开披露的事实是,格雷戈迪奥对塞巴斯蒂安产生了不信任感,尤其是塞巴斯蒂安与一个来历不明的混血儿结婚后。此混血儿的母亲无法在与她相爱的猎人们中认出谁是孩子的父亲。塞巴斯蒂安女人的这种卑微和不为人知的出身,并没有消除纳贝兹的疑心,他觉得他的阿奇昆达可能与白人和加那林人一起背叛了他。纳贝兹对我说,如果今天塞巴斯蒂安和一个贵族纠缠,拒绝黑人妇女,这就预示着白人的神灵将非常容易进入这个男孩的头脑。

"我担心他将被寻找土地的猎人们的利欲熏心所蒙蔽。只有你,使库阿查,能给我一份详细的、关于这个男孩活动的报告,因为他一直表示他是你的崇拜者。去吧,慢慢来,但得告诉我发生了什么。"

我与塞巴斯蒂安的友谊就是这样巩固了下来,这个人在保护王国南部边界方面将被证明具有重要价值。也许正是他说服了何塞·罗萨里奥·德·安德拉德的先遣人员,一个在赞比西河的南岸定居,后来被称为卡尼姆巴的人,从而避免了与格雷戈迪奥的冲突。他说服了他们说巴瓦的土地更适合打猎。不管是真是假,卡尼姆巴和他的手下决定在赞比西河南岸定居,那里离格雷戈迪奥的土地有好几周的路程。

从我发给纳贝兹的报告中,我告诉他何塞·罗萨里奥决心成为伟大的领土主。我告诉他,由于他从太特带来了一大批阿奇昆达人,所以这个人对当地的传统并不尊重。格雷戈迪奥没能亲自结识他本人。在何塞·罗萨里奥去世前几个月,马塔昆哈已经见到他了。马塔昆哈的甜言蜜语充分表明他是一个精明而危险的人,而且对罗萨里奥的女儿充满了爱意。马塔昆哈想在赞比西河北岸和与罗萨里奥土地接壤的地方定居,所以他与当地的王国进行谈判。据格雷戈迪奥所说,这些王国当时对商人们和狡猾的猎人们相当宽松。

在与马库拉·加农加的会面后,塞巴斯蒂安去了我家。我和菲塔在一起,她是我的第一任妻子和我四个儿子的母亲。我和西拉娜和穆里拉,有三个女孩。菲塔把塞巴斯蒂安当作熟人来接待。无论是否信教,我都不能看到我的女人袒胸露乳。我总是劝说她们在乳房上围上布条。这些布条一直延伸到有刺青的肚脐。随着时间的推移,这种时尚流行了起来。王室中的许多妇女都遮盖了她们的乳房,与其说是出于谦虚,不如说是出于炫耀。

"太阳不会向你打招呼,塞巴斯蒂安。我会向他打招呼,并打开我的双手环抱着它的背影。"

"云朵在哀悼,使库阿查。但在我的土地上,太阳照耀着我前去的路,那是日夜永远相随的标志。"

"你说的对。"我回答说,拉着他的胳膊走向靠在墙边的木椅,墙上挂着黑斑羚的头颅。

"坐吧,塞巴斯蒂安。"

"谢谢。你好吗,菲塔妈妈?"

"我很好。你的孩子们呢,也都好吗?"

"健康成长。"

"那就好。"她点了点头,离开了房间。自从我遇到她之后,菲塔从未在对话中占据主导地位。她与祈雨者穆巴拉,也就是她的姐姐形影不离。长时间的祈雨默祷已经让她成为一个安静的女人,但她丰满的嘴唇上一直挂着微笑。尽管她已经三十岁了,但她的乳房仍然坚挺,呈诱人的拱形,并有两粒种子状的突起。她的脸看起来很年轻,常常露出白白的牙齿。事实上,我很喜欢她。我一直都很喜欢她。在外面除了我在约瑟芬娜床榻上过过夜之外,我真正的性启蒙是和菲塔。和她在一起,我学会了如何在性生活的水域中航行。我与约瑟芬娜窑子里的妇女们一起时的疯狂和欢喜,早已经让位于在欢愉迷宫中的顺利航行。菲塔、西拉娜和穆里拉这三个女人构成了我性爱的三位一体。

"事情并不顺利,使库阿查。"

"因为纳贝兹病着,时间对我们来说已经停止。"

"卡尼姆巴的部队在从宗博到太特的路上被发现了。"

"这个人的野心可真不小。"

"我们正在进入一个新的时代,卡尼姆巴不是闹着玩的。使库阿查。"

"和平处于危险之中吗?"

"随着对奴隶需求的增加,和平将成为一种幻觉,使库阿查。卡尼姆巴正在将自己武装到牙齿。他一只手抚摸葡萄牙人，另一只手却拍打他们，而且他们互相都假装理解对方。每个人都想控制这片土地。然而，驻扎在宗博的葡萄牙士兵数量正在增加。"

"莱法索任重道远啊。"

"我不知道他是否能承受得住，使库阿查。他的周围会有这些新王国崛起，葡萄牙人也会带来更多的军队，他们会沿着赞比西河崛起。"

"向和平告别。"

"我们还有一个希望。"

"纳贝兹转世成神灵的希望。"

"他保护不了任何人，我们会消失的，使库阿查。"

"你太悲观了。"

"是现实。"

"你太夸张了，塞巴斯蒂安……"

"在我看来……再也没有像纳贝兹、使库阿查这样的人了。洛博则是另一个故事了：他在那里和卡尼姆巴的一个女儿约会，在这里和纳贝兹的女儿……"

"你对马库拉的建议是什么？"

"我们要更多地与安斯康加、比萨、索里和其他人联合起来。来自大海的力量会毁灭我们的。"

"你只会带来更多的黑云。菲塔!"

"我在……"

"派人去把塞巴斯蒂安的东西拿来。他会和我们一起住。"

"这就对了。"

夜幕已经降临。阿奇昆达人在阿林加跳起了舞:马伦坡、马福艾和格特卡。在十至十五人的小组中,在不断的即兴创作中,合唱团更多的是通过音色而不是歌词来调音,他们全身心投入到这种战士的舞蹈之中。阿奇昆达人三至五名战士排成一排,在脚踝上响起的摇铃声中踱步而行;而其他人,在副手的直接指挥下,准备着为纪念死者的古古大。在其他的篝火堆旁,人们讲着故事,也听着故事,这是老百姓最后一晚看到纳贝兹了,或者如长辈们常说的,白人格雷戈迪奥。

一反常态,在守夜的最后一晚,马果阿,也就是秃鹫,并没有离开他们的栅栏。秃鹫们的眼睛盯着虚无,它们以自己的方式注视着纳贝兹。这个夜晚将被铭记数十载。这个夜晚是向伟大的父亲、阿奇昆达人最高首领涅古告别的夜晚。他为阿奇昆达人正名,在安斯康加人的土地上划定了边界。

在几十堆篝火周围,未来的不确定性像谜一样盘旋着。人们担心那些已经进入腹地的新领主;他们担心那几十个带着笔记本、指南针和其他工具暴露在外邦人面前的英国探险家们会写下什么。人们知道那些来自南方的人、那些用葡萄牙语表达自己的人的存在,也知道他们武器的力量。这些人存在于对奴隶贸易的贪婪中,存在于混合婚姻中,存在于赞比西河接壤的无穷无尽的、像新时代旗帜一样的混血儿的足迹中,存在于赞比西河下游和上游的无数地区涌现的方言中,存在于许多独立于葡萄牙的统治中。酒精、火药、肥皂、镜子、布匹和珠子等商品在赞比西河上、在白人、加那林人、贵族们和黑人之中流通着。几个世纪以来南方是火药之地、通婚之地,是权力延伸至性交易、子弹和习俗之地。赞比西河可以概括如下:五彩缤纷,冲突不断,快乐,悲伤。沿着大卫·利文斯通的路线,从北方来的探险家对武器和军队并不关心。他们与妇女保持距离,谴责奴隶贸易,并在土著国王的注视下寻求无私的友谊。他们背着的木板、铁器和圆筒是为了什么?没有人知道,但他们想了解一直存在着的、讲着粗糙的、带鼻音的语言的人们。这种语言与在阿林加出现的各种方言中的混合葡萄牙语非常不同。

我赞同塞巴斯蒂安的观点：变化会在我们最不期望的时候出现。我们不知道这些变化会来自北方的新白人之手，还是来自南方那些我们已经熟知的人们。如果葡萄牙人获得了这些王国的记忆，纳贝兹的成就将在帝国世界中土崩瓦解。纳贝兹只不过是一个杀人犯，一个叛逃者，一个葡萄牙王室的内奸。而我会因为触及了那些对基督教传教有害的迷信做法，而不配拥有基督教信仰。我会作为一个叛教者，被逮捕并被放逐，这样我就不会成为新基督徒的坏榜样了。

如果我落入那些不知名的英国人手中，他们以尊重的态度远离了当地人的习俗，我们的命运也许会有所不同。弗雷德里克·斯库鲁斯，一位眼光长远的英国探险家，在我们交谈的时候，他不是以利文斯通那样的上帝牧师的痛苦灵魂与我对话，而是以王室臣民激进的态度告诉我，葡萄牙人实行的奴隶制受到他的维多利亚女王和王室的谴责。那些不实行这种野蛮习俗的王国，不会遭受他们已经在印度洋水域和南非以外的土地驻扎的王室军队的报复。他说，如果他们和睦相处，如果他们尊重英国王室的反奴隶制原则，格雷戈迪奥王国将在英国国旗下维持那些正在武装自己的军阀所寻求的边界，比如何塞·罗萨里奥·德·安德拉德。弗雷德里克说他见过他，他发现他是个暴徒,是臭名昭著的卡尼姆巴。他总结说,格雷戈迪奥应该远离这种不光彩的事情。弗雷德里克是个好人,他与当地人打交道时很温和,他也是个外交家,善于直接与奴隶主打交道。他从不被质疑……

……直觉告诉我,格雷戈迪奥的死亡将埋葬一个相互渗透价值观的梦想。那些在血腥和仇恨中,和谐终战胜不和谐、爱意终战胜仇恨、纪律终战胜无政府状态的人类岛屿。无纪律状态将随着想要达到的大陆力量而被清除。在祖先留下的习俗故土上将不再有未来。未来将在欧洲人的缝隙中残存苟活。格雷戈迪奥一生梦想着象牙,以象牙为生,并与象牙一起死去。愿上帝拯救他!……或愿神灵接纳他……

随着时间的推移,大象群将不再成百上千地出现在广阔的绿色草原上,而广阔的绿色牧场和狩猎场将因没有这些雄伟而勇敢的、非洲为欧洲贪婪者所呈现的动物受到影响。将不再听到象群的嘶吼声,那是被围困住的自由,几个世纪前充满活力的嘶吼声。将不再有猎象人。将不再有象牙买卖。搬运工们将把他们闲置的肌肉献给村庄里不断增长的轿子。阿奇昆达人,在失去他们的毕生事业的情况下,将屈辱地耕种农田。猎杀大象的仪式将留在偶尔出现在讷达乐的记忆中。阿奇昆达将成为海市蜃楼。老

人们,传统的泰桑库洛长辈们,将用哽咽的声音回忆起赞美古老的阿奇昆达的真实存在的歌曲:

"我射杀了大象/我在河岸上射杀了它/我射杀了它,秃鹫来了/我射杀了,它在那里/我射杀了它/我射杀了它/我在河岸上射杀了它/我征服了世界/秃鹫来了"

格雷戈迪奥的王国,在有效统治的版图上,将不再有明确的边界。阿奇昆达人将对马卡如感到羞愧。孩子们会与青春期的伤痕保持距离。麦斯理将看到他们的工场被毁、市场被禁。铭记黑人在内陆深处的土地上制造火药和武器都将是一种犯罪。这些神灵,如果存在的话,会在其他国王的要求下,折磨那些无所畏惧地勇闯神圣丛林、寻找财富的人们的记忆。记忆的地图将黯然失色、活力殆尽。事实上,我们将成为我们自己的梦……

在肉体入土之前,马库拉·加农加以阿奇昆达人常用的姿态,让格雷戈迪奥的土地上最年长的卡姆瓦老人发言。卡姆瓦是第一批定居者,这个词在当时,即 19 世纪及以前,指的是在捐赠或征服的土地上工作的自由农民,他们同意支付亩苏可,即农民以劳动或实物形式向其管辖的实体支付的年租金。农民们普遍存在疑惑,他们并没有适应阿奇昆达人的生活方式。不知道他们是否会接受白人与恩福卡结合,并在白人统治国王捐赠的、由白人和其武装人员提供服务的土地上永久定居。"我不介意把我的土地归还给统治者。"他对那些想迁徙到其他农业地区的人说,因为他们不想处于对定居者慷慨的白人的阴影之下。

"从远处看,这些树就像茂密的树丛,但如果你走近,你会看到它们散落在地。"那些不愿意接受格雷戈里帮助的人说。

"让风吹吧,这样我们就能看到鸡的屁股了。"(即事实的真相了)卡姆瓦过去常说。就这样,卡姆瓦,格雷戈迪奥有限圈子里的最亲近的人之一,并担任顾问的角色,留在了格雷戈迪奥的土地上,随时光老去。他经历了纳贝兹所有的好日子和坏日子。纳贝兹把他当作自己人。尽管许多人认为纳贝兹在被剥夺了坚硬的、保护性的黑色皮肤下的身体很脆弱,但事实证明格雷戈迪奥是一个有勇气的人,他抵制了在赞比西河上游土地内部肆虐的频繁疾病。

由于当时他毛遂自荐,在格雷戈迪奥频繁猎杀大象时,卡姆瓦承担了向导的角色。卡姆瓦在没有成为内古巴卢梅的情况下,了解并帮助这些人设置陷阱,看着他们对大象的肌腱进行致命的攻击、把长矛插入大象的肩膀,用被灌了卢帕塔的猎狗引开象群,并按照只有内古巴卢梅知道的程序屠宰象肉。卡姆瓦没有受到马卡如(一种仪式)

的约束,他在讷达乐和古外罗里被认为是一个有故事的人。他也成了恩福卡的心腹,也是格雷戈迪奥国王在处理国内事务中为数不多的知己之一。

在埋葬的早晨,在整个阿林加醒来时,令所有人惊讶的是,没有骨鹫出现。栅栏的顶部没有秃鹫的身影,几周内这些鸟类一直在为纳贝兹的疾病和悲痛而守候。这些鸟儿竟然没有发出任何的预警声,就飞走了,这让在场的人都感到不解。由于专注于葬礼演讲,卡姆瓦没有意识到鸟儿的离开,直到一个孙子把他从准备演讲的焦虑中唤醒。爷爷,秃鹫已经走了。

他不假思索地说:"河水吟唱的地方,水必定很深。"这句话以迅雷不及掩耳之势在准备葬礼的人群中流传开来,使得赞美纳贝兹的歌声活跃起来。"因为在河水歌唱的地方,鱼儿丰富,那是欢乐和丰收的标志。"

为了尊重仪式,阿奇昆达人在腰间系上皮带,在脖子上挂上珠子、狮子和豹子牙齿的项链,像往常一样,在腰间还配挂上装水和药品的葫芦,还有装着火药的古古大。他们沿着阿林加的主道立正站好,走廊通向一个由乔木和灌木组成的小树林。在那里,思维奇逻人祭拜着他们的祖先、举行狩猎、雨水和祈求土地肥沃的仪式。在旁边同样遥远的另一片森林,也是阿奇昆达人的定居地。早期他们通过穆巴拉开始崇拜当地神灵。即便有了自己的神灵,阿奇昆达人没有停止过对当地宗教的尊重和敬仰。格雷戈迪奥将被埋葬在这两片森林之间。

在两列长长的阿奇昆达人后面,人们等待着棺材的到来,它在王室家属和王国中最伟大的人手中被抬出大房子。在场的人都对秃鹫的消失感到诧异且欣慰。人们面带微笑,兴高采烈。秃鹫的消失给了他们希望。查图拉也收到了这个消息,悬着的一颗心也落下了。他看到人们摆脱了之前悬浮在阿林加的恐惧,他不知道还能有什么比这更好的办法去自证。尼亚津比尔高兴地笑了,因为他在食腐动物到达时所讲的话与葬礼后几天的情况是一致的。他说鸟儿们已经接受了纳贝兹的灵魂,会在他们的土地上永远地定居。莱法索觉得自己成了这些爱宠的孤儿,心里感到一阵阵抽痛,因为莱法索一直认为秃鹫会参加他的登基仪式,看到他成为格雷戈迪奥所建立的土地上名副其实的宗主。那时,它们会满意地拍打着翅膀。奇蓬达,一个受人尊敬的姆桑巴德兹。他对秃鹫的离开并不感到惊讶,因为他从来没有注意过它们的存在,也许是因为他太远离王室和远离那些闲散的喋喋不休。他更担心大量的暴徒在道路和河流上抢劫和杀害过路的商人。奇蓬达总是把秃鹫看作是自然界的一个小误会,时间会让它们回到正轨。阿达利亚诺接受了这一观点,但他的母亲却顽固地认为这是莱法索治理不善的预兆。

"别担心,妈妈。那些秃鹫会像它们来时一样消失的。"

"你认为莱法索雕刻秃鹫是偶然的吗?"

"那就是为了消除孤独感,母亲。"

"我们必须要小心,孩子。"

"索里的和母亲的神灵不会来吗?"

"必须时刻警惕,阿达利亚诺。"

"我在我的梦中都看不到任何疏漏。"

"它们可能被草覆盖。"

"风会把它们吹走的。"

"走着看吧。"

这个消息让阿达利亚诺欣喜若狂。他在他的母亲身边,随行人员已经走在宽阔的林荫大道上了,道两旁是果实累累的树木。这时他用戏谑的口吻告诉母亲,秃鹫连同它们的气味都离开了。不安的母亲回答说,邪恶想法已经和秃鹫的粪便一起在大地上扎根了。忘掉这些想法,妈妈!阿达里亚诺说,摇着头做着驱魔的手势。塞琼加刚到不久,走在母亲的左边,母亲的右边是莱法索,他走在随行人员的前面。塞琼加在黎明时分进入阿林加,发现所有人都在纳贝兹的大房子里守灵。他没有机会向母亲倾诉,而母亲想让他在身边,想询问他关于打猎的情况,想好好看看他、感受他的生命力。因为人们相信,在国王或其他显赫的权贵去世时,死亡也会出现在与他们最亲近的人中间。这一现象除了愤怒,就没有其他可被接受的解释了。死者拒绝离开活人的世界,拒绝给予那些对他最亲的人快乐。这样一来,他的死亡就贬低了自己人的哀悼。恩福卡知道这不会发生在她的儿子塞琼加身上,因为在格雷戈迪奥有生之年,他没有沾染上对权力的、对物质的过度贪婪或嫉妒。格雷戈迪奥知道王室中产生诸多嫉妒和争斗,但他总以谦虚的态度,让这种有失身份的毒瘤远离自己。他知道儿子的健康是最重要的,即使命运经常变换颜色。塞琼加在葬礼行进过程中表现得很平静,部分原因是困扰他的秃鹫离开了,因为他认为这些秃鹫对莱法索未来的治理是一个坏兆头。对他而言,因为害怕被称为野心家而拒绝与其他人分享这种情绪。秃鹫,即莱法索的宠物。它们通过灾难性的举动警告人们,基于传统习俗并在遵守法律的情况下,莱法索不应该遵循继承权,因为他在灵性上不适合担任王国这一最高职位。格雷戈迪奥必须由能适应未来时代的人接他。在塞琼加的脑海中,除了讷达乐和古罗外的同伴、他的兄弟阿达利亚诺,也是格雷戈迪奥的第三任妻子恩津加的儿子,一个擅长与外国人打交道的人之外,他看不到其他任何人。他从尼亚津比尔对习俗的坚持中得知,他的野心在近期内不会成功。如果发生任何起义,纳贝兹的灵就会转向活人。这灵会让人们收到致命的伤害,以至于只有第三代能用老式医士的驱魔方法使它平静下来,而不是他们祖先用来治疗尼昂嘎的替代药物可以解决的。他必须找到其他能够说服尼亚津比尔的盟友,让他们相信莱法索不适合继承王权。他知道他可以依靠马库拉·加农加,因为他是一个野战者,一个有经验的猎人,一个不容置疑的战士,一个厌恶莱法索孩子气的人。塞琼加可以依靠他,也可以依靠阿奇昆达和内古巴卢梅,因为姆巴姆拉将始终与更强大的力量团结在一起、站在他这一边。奇蓬达,一个有外交分量的人,不会反对,因为面对王国命运的问题,这将牵扯他的阿达利亚诺。问题的关键在于尼亚津比尔能否与纳贝兹的灵进行谈判。如果转世发生了,尼亚津比尔的权力将得到加强,因为他不是在与一个普通的神灵谈判,而是与一个对维护王国具有重要意义的神灵谈判。他的母亲也会站在他这边,尽管她更希望看到他戴上王冠;她也很容易操纵,因为她所需要的只是权力握在塞琼加的手中。

当棺材经过时,阿奇昆达人站直了身子,用习惯的仪式向死者敬礼,这是阿奇昆达军人身份不可磨灭的标志。天空晴朗,哀悼声萦绕在深重的阿林加。猎狗在异常的庄严中保持沉默。从纳贝兹死亡的那一刻起就一直如此。狗们收回爪子、夹着尾巴,看着遗体从人们的腿间穿过。莱奥·姆普卡是王室的葬礼安排负责人,他不厌其烦地沿着游行队伍来回走动,以提防他负责安排的仪式中出现任何异常。除了纳贝兹和妻子萨金加与马西塔的儿子们、格雷戈迪奥的一些顾问和一些政要的孩子死亡之外,姆普卡在葬礼仪式方面并没有什么经验。在王室公墓里的坟墓也不超过十座。这个王国是崭新的。人们仍然感到年轻和快乐。好些领土还没有被闲置的木料所占领。在莱奥的陈尸室里,工具已备好、草药以及药粉都必须保持新鲜,等待着遗体的到来,然而尸体数量极少。因此,他还是有些惶恐,因为需要负责如此大规模的仪式。从邻近的王国来了一些对遗体清洁和沐浴有经验的人。在萨贝维拉的心目中,随着遗体向墓穴靠近,他对葬礼的责任也就结束了。

前一天晚上,恩福卡和尼亚津比尔之间关于在棺材中覆盖纳贝兹遗体布单的对话让他感到尴尬。他们知道这单子应该来自纳贝兹的第一个女人,但他们在布单的质量和意义上都有分歧,因为尼亚津比尔认为,应该用一条全新的、干净的布单盖在纳贝兹身上。对此,恩福卡回答说,应该用他们关系开始时留下的床单盖在她丈夫身上。查图拉没有插手此事,而是在与恩福卡达成共识后,让尼亚津比尔下令执行萨贝维拉的计划。遗体应该被旧布单覆盖,然后再盖上较新的布单,因为在他的论证中,旧的布单容易会方便不良事物侵入。至于将陪伴纳贝兹的斗篷,大家一致选择了死者生前最后一件披过的斗篷。除了这些小细节之外,一切都很顺利。

而现在,游行队伍正在接近下葬点,姆普卡的目光集中在王国中最伟大的人的点头同意和不同意上。要由他们来为不可预见的事情做出回答,但他内心深处的喜悦是,他知道很少有人会批评他不符合规范的墓室。他真正的恐惧的是查图拉凝重的目光。他是唯一懂坟墓装饰的人,因为赞比西河南岸不同王国的四位国王的葬礼都经了他的手,是他纠正了诸多遗漏的细节。当他指出问题时,擅长的是手势而不是语言。而当他开口时,他的句子简短而有力量。在曼波痛苦的那几周里,王室里没有人看到过查图拉的牙齿。他不笑,很少说话。在游行队伍中,他独自站在棺材面前。他以小心翼翼的步态,标出了随行队伍的步伐。在两旁抬棺材的是格雷戈迪奥的六名亲卫队的阿奇昆达人。棺材后面跟着死者的妻子和孩子、王国里的大人物们、邻国的显赫人物和其他随从。萨琳达跟在恩福卡身后,两边是她的女儿们。她无法抬起她被布覆盖的脸。当送葬者的哭声越来越响时,她累得抽泣起来,因为在三天的哀悼中她几乎没有睡觉。再往后,排在后面的是萨金加、玛莉德萨和马西塔。她们保持着王室年轻女士的宁静和高傲的面孔。她们知道根据传统,她们不能再与任何男人结婚,但此时她们关心的是,在王国不太显眼的人物中,找到漫长而疲惫的哀悼之旅的同伴。她们知道必须谨慎行事,但令她们担心的是,不可避免地要谈及格雷戈迪奥的转世问题。她们还未这么做过,在她们的王国里,在母系社会的结构中,从伦理上讲,没有对守寡期间的性爱和生育有太多的阻拦。现在她们成为仍可生育的寡妇,她们对未来为她们准备的东西感到诧异。她们知道,仅仅靠描述未来是没有价值的。格雷戈迪奥的转世才是困扰她们的问题。她们担心王室疗愈师会对她们进行持续和强迫性的控制。玛莉德萨暗指要小心翼翼地作疗愈师的情妇。她们没有选择,由于这个原因,以及对未来的怀疑,她们面色沉重地向前迈步,对自己作为受人尊敬的寡妇状况感到相当不舒服。她们并没有因为丧事而悲伤,而是为关于性方面的禁忌而感到悲伤。紧随其后的是尼亚津比尔、马库拉·加农加、奇蓬达、泰戈姆巴姆拉、顾问、访客、显赫人士的家属以及其他王国各部门人士。使库阿查在一群顾问中,在阿尔法伊的身边。阿尔法伊由他七个孩子中的三个陪同着。除了第一天的哀悼外,使库阿查没有再与阿尔法伊接触。他知道了他与苏娜的关系。随着时间的推移,她逐渐暴露了自己失去了爱人的心境。使库阿查担心,当有一天阿尔法伊得知苏娜的真实故事时,他的基督教信仰就会受到动摇。但现在,未来对每个人来说都是一个未知数。

离坟墓十几米远的送葬者爆发出抽搐地哭泣声,随后是一片死寂。随行队伍中的妇女们泪流满面,泣不成声。队伍开始绕着坟墓转。阿林加变得比以前更加庄重。阿奇昆达人听到一声命令后,向前行进。当当的脚步声响起,干脆利落地响彻在沉寂的阿林加。大自然此刻展现了令人心寒的热带静谧:风,柔和。鸟,罕见。云,稀疏。叶,沉睡。阴影,依旧。太阳,微笑。河流,作别。水,流逝。地平线,犯困。竹筏,休息。鳄鱼,打瞌睡。河马,凝视。狮子们,打哈欠。蝙蝠,睡觉。豹子,观察。羚羊,躁动。长颈鹿,抽泣。孩子们,毫无思绪,在他们记忆的视网膜上保留着对这位将重现在未来故事的人的尊重和敬畏。阿林加人在哀悼中向纳贝兹告别。

马库拉·加农加从坟墓周围的人圈里站了出来,请格雷戈迪奥土地上最年长的人——老卡姆瓦发言。阳光穿过树木，卡姆瓦继续讲述伟大的涅古，即人民之父，伟大的猎象人的事迹。他回顾了伟大的猎人将大米引入饮食，孩子们因为香蕉而微笑以及唤醒口腔的柠檬的事迹。他向他的妻子和孩子们致敬，特别是向长子莱法索，这个将戴上王冠头饰和披着权力外衣的人致敬。最后，在致敬中，他讲到了阿奇昆达人的成就，讲到了他们与死者纳贝兹一起在保卫该地区发挥了难以想象的作用，还有那些由黑人之手制造的古古大和火药。愿他安息，伟大的涅古！

遗体沉到了土地的深处。阿奇昆达人用他们的步枪向伟大的纳贝兹致敬。声音散开，打破了沉默。阿林加人正在恢复活力，等待着伟大的白人疗愈师纳贝兹转世的迹象。

U